हिन्द पॉकेट बुक्स

खलील जिब्रान पैग़म्बर

एम.ए., पी-एच.डी., बी.एड. पटना विश्वविद्यालय से करने वाली डॉ. नीलिमा सिंह पिछले कई वर्षों से कहानी, कविता और निबन्ध लेखन में सक्रिय हैं। उनकी पत्र-पत्रिकाओं में रचनाएँ प्रकाशित होती रहती हैं तथा आकाशवाणी से प्रसारित होती हैं। नारी सशक्तीकरण से सम्बन्धित सामाजिक-सांस्कृतिक संस्थाओं से सम्बद्ध वे एक अग्रणी समाज सेविका भी हैं।

हिन्दी विभाग, बी.डी. कॉलेज, पटना (बिहार) में वे व्याख्याता के पद पर सुशोभित हैं।

खलील जिब्रान पैग़म्बर

स्व-रचित चित्र, परिचय और
The Prophet का अनुवाद

प्रस्तुति
डॉ. नीलिमा सिंह

हिन्द पॉकेट बुक्स
पेंगुइन रैंडम हाउस इम्प्रिंट

हिन्द पॉकेट बुक्स

यूएसए | कनाडा | यूके | आयरलैंड | ऑस्ट्रेलिया | सिंगापुर
न्यू ज़ीलैंड | भारत | दक्षिण अफ्रीका | चीन

हिन्द पॉकेट बुक्स, पेंगुइन रैंडम हाउस ग्रुप ऑफ़ कम्पनीज़ का हिस्सा है,
जिसका पता global.penguinrandomhouse.com पर मिलेगा

पेंगुइन रैंडम हाउस इंडिया प्रा. लि.,
चौथी मंजिल, कैपिटल टावर -1, एम जी रोड,
गुड़गांव 122 002, हरियाणा, भारत

पेंगुइन
रैंडम हाउस
इंडिया

प्रथम हिन्दी संस्करण हिन्द पॉकेट बुक्स द्वारा 2009 में प्रकाशित
यह संस्करण हिन्द पॉकेट बुक्स में, पेंगुइन रेंडम हाउस द्वारा 2021 में प्रकाशित

10 9 8 7 6 5 4 3 2

इस पुस्तक में व्यक्त विचार लेखक के अपने हैं, जिनका यथासंभव तथ्यात्मक सत्यापन किया गया है, और इस संबंध में प्रकाशक एवं सहयोगी प्रकाशक किसी भी रूप में उत्तरदायी नहीं हैं।

ISBN 9789353490591

मुद्रकः रेप्रो इंडिया लिमिटेड

www.penguin.co.in

FSC www.fsc.org
MIX
Paper from responsible sources
FSC® C047271

This is a legitimate digitally printed version of the book and therefore might not have certain extra finishing on the cover.

क्रम

जीवन-कथा

मानव कल्याण का चितेरा 7

पैग़म्बर

जलयान को आना 18
प्रेम 27
विवाह 32
सन्तान 36
दान 40
भूख और प्यास 46
कर्म 48
सुख और दुख 52
घर 54
वस्त्र 58
क्रय-विक्रय 60

न्याय 64
कानून 69
मुक्ति 72
प्रज्ञा और भावावेश 75
पीड़ा 77
आत्म-ज्ञान 81
शिक्षा 83
मित्रता 85
बात-चीत 88
काल 90
भला और बुरा 92
प्रार्थना 95
सुख 100
सुन्दरता 104
धर्म 107
मृत्यु 110
पहाप्रयाण 114

मानव कल्याण का चितेरा
ख़लील जिब्रान

लेबनान के कवि और चित्रकार ख़लील जिब्रान के चिन्तन की विलक्षणता उसकी व्यावहारिक सरलता और अनुभूतिपूर्ण तरलता में देखी जाती है। उसकी ओजस्वी वाणी में मनुष्य के हृदय को भीतर तक झकझोर देने की असीम क्षमता है। उसका चिन्तन प्राच्य संवेदनशीलता और पाश्चात्य तर्कशीलता को समन्वित करते हुए एक ऐसी दिशा-दृष्टि देता है, जो भौतिक आपाधापी से आक्रान्त आधुनिक मानव को सर्वथा हृदयग्राही प्रतीत होती है। यही कारण है। कि उसकी रचनाओं का अनुवाद विश्व की सभी प्रमुख भाषाओं में हुआ है। उसे सभी पढ़ना चाहते हैं, क्योंकि उसे पढ़ने से चित्त पर छाई हुई धुंध छंट जाती है और चेतना के आकाश पर इन्द्रधनुष उदित होने लगता है।

मानव-कल्याण ही उसके चिन्तन का सार और उसका लक्ष्य है। वह मनुष्य के हृदय में प्रेम और करुणा की कोमल संवेदनाएं जगाकर उसे जीवन के उच्चतम उल्लासों का अन्वेषी बनाना चाहता है। वह उसे सामाजिक विधि-निषेध की दुविधाओं से मुक्त रहकर अपने आचरण में दिव्यता के नैसर्गिक स्वरूप का साक्षात्कार करने की प्रेरणा देता है। उसके तर्क मनुष्य को बौद्धिक आवारागर्दी के रास्तों पर न भटकाकर उसके मन में अपने प्रति आस्थावान रहने का संकल्प जगाते हैं।

उसका जन्म 6 फ़रवरी, सन् 1883 को लेबनान पर्वत पर स्थित बशरी नामक ग्राम में हुआ था। उसका परिवार सीरिया की मेग्राइट कैथोलिक ईसाई

शाखा का अनुगामी था। उसकी मां का नाम कलीमी रहीमी था। उसी ने बालक ख़लील जिब्रान के मन में मानव-प्रेम और करुणा के गहरे ईसाई संस्कारों की नींव डाली थी।

उन दिनों लेबनान तुर्क आथमन वंश के अति कठोर शासन के अधीन था। देश की अर्थव्यवस्था अत्यन्त शोचनीय हो चली थी। लोग भूख और ग़रीबी से त्रस्त थे। जीवन-यापन की उपयुक्त सुविधाओं की तलाश में यह जिब्रान परिवार अमरीका जाकर बस गया था। ख़लील जिब्रान ने अपनी प्रारम्भिक शिक्षा वहीं प्राप्त की। बाद में किन्हीं पारिवारिक उलझनों के कारण उसे पुनः लेबनान आना पड़ गया था। उसने बेरुत के एक कॉलेज में अपनी आगे की शिक्षा पूरी की। वह प्रारम्भ से ही अत्यन्त मधावी था। अरबी, फ्रांसीसी तथा अंग्रेज़ी भाषाओं पर उसका समान अधिकार था।

ईसाई धर्म में उसकी गहरी आस्था थी, किन्तु उसे धार्मिक पाखंड से उतनी ही नफ़रत भी थी। नीत्शे के विचारों से वह काफ़ी हद तक सहमत था। उसके मन में अपनी जन्मभमि के प्रति अगाध प्रेम था। तुर्क शासकों की अनीति के कारण उसके देश की जो दुर्दशा हो रही थी, उसे देखकर उसके मन में भयानक आक्रोश जन्मने लगा था।

वह अपने चारों ओर अन्याय और उत्पीड़न को पनपते हुए देख रहा था। इस बात से उसका मन और भी क्षुब्ध हो उठता था कि ईसाई पादरी बाइबिल के उपदेशों पर न चलकर दीन-हीन जनता का ख़ून चूसने वाले तुर्क शासकों को अपना पूरा सहयोग दे रहे थे। उसकी ईसाई-निष्ठा धर्म की ओट लेकर चल रहे अनर्थपूर्ण षड्यन्त्रों से बहुत आहत होती थी। ऐसी विषम स्थितियों में मौन रह पाना उसके लिए असम्भव हो गया था।

इक्कीस वर्ष की अवस्था में उसने 'स्पिरिट्स रिबेलियंस' नामक पुस्तक लिखी। इसका मूल संस्करण अरबी भाषा में प्रकाशित हुआ था। इस पुस्तक के छपते ही लेबनान में तहलका मच गया। इसमें उसने धार्मिक पाखंड और राजनीतिक अत्याचार की कठोर भर्त्सना की थी। उसके विद्रोही स्वर में क्रान्ति

की विस्फोटक ज्वाला दहक रही थी। लेबनान का मेरनाइट कैथोलिक चर्च इसे धर्म-द्रोह और राज-द्रोह भड़काने की ख़तरनाक साज़िश कहकर ख़लील जिब्रान के प्राणों का प्यासा हो गया। बेरुत के मुख़्य बाज़ार में इस पुस्तक की सभी उपलब्ध प्रतियों को जलाकर नष्ट कर दिया गया। उसे धर्म से ही नहीं देश से भी निष्कासित कर दिया गया था।

जिस समय लेबनान में यह बवंडर उठा था, उन दिनों वह पेरिस में रह रहा था। फ्रांस का सुप्रसिद्ध चित्रकार रोदिन उसका मित्र था। उसके पास रहकर वह चित्रकला का अभ्यास कर रहा था। जब उसे अपने निष्कासन की सूचना मिली, तो उसकी पहली प्रतिक्रिया यही थी कि इस पुस्तक का नया संस्करण तुरन्त निकलना चाहिए।

पारिवारिक समस्याएं उसे पुनः अमरीका की तरफ़ खींच ले गईं। वहां जाकर वह चित्रकला तथा साहित्य की साधना में लीन रहने लगा। उसने न्यूयार्क में अपना स्टूडियो खोल लिया। उसके चित्रों की कई प्रदर्शनियां अमरीका, इंग्लैंड और फ्रांस में आयोजित हुईं और सुविख्यात कला-समीक्षकों द्वारा प्रशंसित भी हुईं।

ख़लील जिब्रान आजीवन अविवाहित रहा। युवावस्था में उसका सलमा करामी नामक एक युवती से प्रेम हो गया था, किन्तु किसी बिशप के हस्तक्षेप के कारण वह उसकी पत्नी न बन सकी। इस बिशप ने अपने भतीजे से सलमा करामी का विवाह करवा दिया था। जिब्रान के लेखन में इस असफल प्रेम के अनेक छाया-संकेत देखे जा सकते हैं।

अड़तालीस वर्ष की अवस्था में एक मोटर दुर्घटना के कारण 10 अप्रैल, 1930 को उसका न्यूयार्क में निधन हो गया। इस समय उसकी रचनाशीलता अपने चरमोत्कर्ष पर पहुंची हुई थी। वह अमरीकी समाज में ही नहीं, अरब देशों में भी पर्याप्त ख्याति अर्जित कर चुका था। दो दिन तक उसके पार्थिव शरीर का दर्शन करने के लिए आने वालों का तांता लगा रहा। इसके बाद उसके ताबूत को अमरीका तथा लेबनान के राष्ट्रीय झंडों से सजाकर 'प्राविडेंस'

नामक जलयान द्वारा लेबनान ले जाया गया। उसकी शव-यात्रा में अपार जन-समूह के अतिरिक्त मेरनाइट कैथोलिक, प्रोटेस्टैंट, शिया, सुन्नी, यहूदी तथा अन्य अनेक धर्म-सम्प्रदायों के सैकड़ों प्रतिनिधि शामिल हुए थे। जिस मेरनाइट चर्च ने उसे धर्म से निष्कासित किया था, उसी के आदेश से उसे अपने ही गांव की क़ब्रगाह में सम्मानपूर्वक दफ़नाया गया। आज उसकी समाधि लेबनान में किसी तीर्थ-स्थान की तरह महत्त्व रखती है। हज़ारों की संख्या में लोग वहां जाकर इस महान कवि, चित्रकार और दर्शनिक को अपनी श्रद्धांजलि अर्पित करते हैं।

ख़लील जिब्रान ने लगभग पच्चीस पुस्तकें लिखीं, जो उसके अपने हाथों बनाए गए चित्रों से सज्जिते हैं। 'स्पिरिट्स रिबेलियन्स' उसकी बहुचर्चित पुस्तक रही है। इसमें तीन कथाएं हैं। पहली कथा मादाम रोज हानी की है, जो एक बूढ़े, किन्तु धनवान व्यक्ति से हुए अपने बेमेल़ विवाह को अस्वीकार करके अपने निर्धन प्रेमी के घर चली जाती है। वह ईश्वर की प्रेरणा से मिले हुए प्रेम को मनुष्य द्वारा गढ़े गए वैवाहिक विधान से अधिक मूल्यवान समझती हैं।

दूसरी कथा 'द क्राइ ऑफ़ द ग्रेव्ज' में न्याय के नाम पर होने वालों अन्याय का वर्णन है। इसमें तीन अभियुक्तों को पूरी बात समझे बिना प्राणदंड दे दिया गया है। पहला अभियुक्त एक युवक है, जिसने किसी युवती के शील की रक्षा के लिए एक राजकर्मचारी की हत्या करके राजद्रोह का अपराध किया था। दूसरा अभियुक्त एक बूढ़ा और ग़रीब आदमी है, जिसे चर्च की नौकरी से हटा दिया गया था। जब उसके बच्चे भूख से दम तोड़ने लगे, तो उसने चर्च के भंडार से वह अनाज चुराना चाहा था, जो उसी के परिश्रम से उगाया गया था। तीसरी अभियुक्त एक विवाहिता है, जिसका बाल-सखा एक दिन उससे मिलने आ गया था। यद्यपि दोनों में बात नहीं हुई थी, न किसी ने एक-दूसरे को छुआ ही था, तो भी वह कुलटा मान ली गई और पत्थर मार-मारकर उसके प्राण ले लिए गए थे। इन तीनों अपराधों के सन्दर्भ में जिब्रान प्रश्न करता है, 'क्या हम अपराध के विरुद्ध और भी बड़ा अपराध करके उसे न्याय

का नाम दे सकते हैं? क्या उस दंड-विधायक अमीर ने कभी अपने शत्रु की हत्या नहीं की थी? क्या उसने स्वयं भी अपनी दुर्बल प्रजा के धन और सम्पत्ति की चोरी नहीं की थी? क्या उसका अपना चरित्र बेदाग़ था? फिर वह उस युवक का गला कटवाकर, उस बूढ़े को फ़ांसी देकर और उस युवती को पत्थर मरवाकर अपने को निरपराध क्यों मान सका?'

तीसरी कथा का शीर्षक है 'ख़लील द हैरेटिक'। इसी कथा ने सबसे अधिक उत्तेजना फैलाई थी। इसमें ख़लील नामक एक युवक की कथा है, जिसे अनाथ होने के कारण बचपन से ही चर्च को अर्पित कर दिया गया था। यूं तो वह 'ब्रदर मुबारक' कहलाया था, किन्तु उससे ग़ुलामों की तरह काम करवाया जाता था। एक दिन उससे नहीं रहा गया, तो उसने चर्च के पादरियों से कहा कि आप लोग ग़रीबों के पसीने और उनके आंसुओं से बनी हुई रोटियों को भी छीनकर राजसी व्यंजन कैसे खा पाते हैं?...आपने ईसाई बनते समय ग़रीबी का जीवन व्यतीत करने की शपथ ली थी। उसे भूलकर आप भोग-विलास में डूबे रहते हैं। आपने ईश्वर के आदेशों का पालन करने की शपथ ली थी। उसे भूलकर आप स्वयं ही धर्माचरण के ख़िलाफ़ विद्रोह कर रहे हैं।...हम क्यों नहीं उन गरीबों की वह ज़मीन लौटा देते, जिसे हमने धर्म के नाम पर उनसे छीना है। और क्यों नहीं वह सोना-चांदी लौटा देते, जिसे हमने धर्म के नाम पर उनसे लूटा है? हम तटस्थता का त्याग करके उन दीन और दुर्बल मनुष्यों की सेवा क्यों नहीं करते, जो हमें शक्तिशाली बनाते हैं?

उसकी ऐसी बातों के कारण उस पर धर्म-विद्रोह का आरोप लगाया गया। उसे चालीस दिनों तक एक अंधेरी कोठरी में बन्द करके अनेक यातनाएं दी गईं, फिर भी वह नहीं सुधरा, तो एक रात को उसे ऐसे समय पर मार-पीटकर चर्च के बाहर धकेल दिया गया, जब बर्फ़ का भयानक तुफ़ान आया हुआ था। उन्होंने समझा था कि ख़लील मर जाएगा, किन्तु एक दूरवर्ती ग्राम की दो ग़रीब महिलाओं ने उसके प्राण बचा लिए। पादरियों ने वहां भी उसका पीछा नहीं छोड़ा और शेख़ के आदेश से उसे गिरफ़्तार करवा दिया। उस पर मुक़दमा चला, तो उसने ऐसा क्रान्तिकारी वक्तव्य दिया कि उससे विद्रोह भड़क उठा।

जनता ने शेख़ और चर्च का शासन मानने से इनकार कर दिया। कुछ ही दिनों में शेख़ पागल होकर मर गया और जनता, अपने हाथों जोते-बोए गए खेतों की फ़सल पाकर ख़ुशहाल हो गई।

उन दिनों लेबनान में रहकर ऐसी पुस्तक लिखना सचमुच बड़े साहस का काम था। पाश्चात्य जगत के लिए इसमें उतना चौंकने की बात न भी रही हो, किन्तु अरब देशों के लिए यह एक विचारोत्तेजक प्रस्ताव था। ख़लील जिब्रान के तर्क में विश्वसनीयता के तत्त्व इसलिए और भी अधिक दिखाई दिए कि वह धर्म के बुनियादी सिद्धान्तों पर प्रहार नहीं करता। वह धर्म में ही निहित मानव-प्रेम के आदर्शों की दुहाई देकर किसानों और मज़दूरों को उनका हक दिलवाने की चेष्टा करता है।

'द सीक्रेट्स ऑफ़ द हार्ट' और 'टीयर्स एंड लॉफ़्टर' भी उसकी आरम्भिक रचनाएं हैं। इनमें वह प्रणय, सौन्दर्य, कविता, मानवीयता, प्रकृति-प्रेम आदि कई विषयों पर गद्य अथवा कविता द्वारा अपने चिन्तन को अभिव्यक्त करता है। तरुणावस्था में लिखी गई इन पुस्तकों में वह मानव की नीयति और उसके जीवन की सार्थकता के प्रश्नों पर गम्भीरतापूर्वक विचार करते हुए मिलता है। वह मानवीय दृष्टिकोण से उन छोटी-छोटी बातों पर प्रकाश डालता है, जिनकी तरफ़ हमारा ध्यान कभी नहीं जाता। वह चाहता है कि भौतिक सुखों की तलाश में हम मनुष्य के हृदय की आवश्यकताओं की तरफ़ से आंखें न फेर लें। यदि किसी का हृदय शोकाकुल है, तो कौन-सी शक्ति या सम्पत्ति या सम्मान से उसकी क्षतिपूर्ति सम्भव है? यदि प्रेम में किसी का दिल टूट गया है या कोई अपने मित्र से बिछुड़ गया है, तो धरती पर उसके अस्तित्व को सार्थक बनाने का क्या उपाय है? बिना किसी शर्त या सीमा के मनुष्य और मनुष्य के बीच व्यक्तिगत और पारिवारिक सम्बन्धों से भी अधिक प्रगाढ़ आत्मीयता जन्म ले सके, तभी हम प्रगति की चुनौतियों का सामना कर सकेंगे, तभी हम विनाश के संकट से बच सकेंगे और तभी हम वास्तविक मनुष्य की तरह जी सकेंगे। वह इस बात पर गहरी चिन्ता व्यक्त करता है कि मानव की आन्तरिक प्रकृति की उपेक्षा करके हम कितने बड़े पैमाने पर जहां-तहां छिटकी हुई

सुन्दरता, प्रतिभा और संवेदना की निर्मम हत्या कर रहे होते हैं।

'द ब्रोकन विंग्ज' में उसने अपने पात्रों का नाम बदलकर अपने ही जीवन के कटू अनुभवों का वर्णन किया है। इसमें सलमा करामी के प्रति उसके असफल प्रेम की कहानी भी सम्मिलित है। इस पुस्तक के प्रकाशन से भी अरब देशों में काफ़ी सनसनी फैली थी। 'ए टीयर एंड ए स्माइल', 'द मैडम', 'द टेम्पेस्ट्स', 'द फोर रनर', 'द गार्डन ऑफ़ द प्रॉफेट' आदि उसकी अन्य उल्लेखनीय कृतियां हैं।

'जीसस : द सन ऑफ़ मैन' उसकी अन्तिम रचना है। इस पुस्तक को वह अपने जीवन और लक्ष्य की पूर्णता के रूप में देखता था। इसमें वह ईसा मसीह के मानवीय स्वरूप को गहरी संवेदनशीलता और सकरुण भावुकता के साथ प्रस्तुत करता है।

'दं प्रॉफेट' उसकी सर्वश्रेष्ठ रचना है। इसमें उसका चिन्तन, उसकी आस्थाएं और उसके स्वप्न अपने पूरे निखार पर दिखाई देते हैं। इसमें उसने नीत्शे की 'दस स्पोक ज़रथुस्ट्र' की संवाद-शैली को अपनाया है। जिब्रान यद्यपि नीत्शे से बहुत प्रभावित था, किन्तु इस प्रभाव की अपनी कुछ सीमाएं हैं। नीत्शे का चिन्तन ईश्वर के निषेध से शुरू होता है और दूसरी ओर ईश्वर के प्रति गहरी आस्था ही जिब्रान के चिन्तन का प्रस्थान-बिन्दु है।

'द प्रॉफेट' के रचनाकाल तक आते-आते जिब्रान स्वयं को आधुनिक युग के पैग़म्बर के रूप में देखने लगा था। वह ऐसा महसूस करने लगा कि ईश्वर ने उसके कन्धों पर पीड़ित मानवता के उद्बोधन और उत्थान का गुरुतर दायित्व डाल दिया है। 'द प्रॉफेट' का अलमुस्तफ़ा जिब्रान का ही प्रवक्ता है, जो आर्फलीज निवासियों की तमाम शंकाओं का समाधान करता है।

जिब्रान को अपनी इस रचना से अतिशय प्रेम था। प्रकाशन से पूर्व वह चार वर्षों तक इसकी पांडुलिपि को अपने पास रखे रहा और उसे संवारता रहा। वह इस बात से पूरी तरह आश्वस्त हो जाना चाहता था। कि उसकी प्रत्येक उक्ति सटीक हो और प्रत्येक शब्द सार्थक नज़र आए।

काव्यात्मक प्रवाह उसके लेखन की विशेषता है, चाहे वह गद्य में हो अथवा पद्य में। उसके उद्गारों में सूफ़ी रहस्यवाद का भव्यतम रूप प्रकट होता है। विरोधाभास तथा उक्ति वैषम्य से युक्त कथन उसके रचना-शिल्प की अलग पहचान को निर्धारित करते हैं। उसकी शैली की सबसे बड़ी विशेषता यह है कि उसकी कविता उसके उद्गारों की विदग्धता को धूमिल नहीं करती और उसका विक्षोभ उसकी कविता की सुकुमारता को आहत नहीं करता। दार्शनिक जटिलता से युक्त अत्यन्त गूढ़ विचारों को भी वह बड़े सहज ढंग से कविता की सरसता में समेट लेता है।

विभिन्न पुस्तकों में बिखरे हुए अपने विचारों को उसने 'द प्रॉफेट' में संकलित किया है। प्रत्येक मनुष्य को अपना जीवन एक अबूझ पहेली के समान प्रतीत होता है। वह प्रेम करना चाहता है, किन्तु समझ नहीं पाता कि कहां और क्या है, जिसके ग़लत हो जाने से वह उसकी पूर्णता के अनुभव से वंचित रह जाता है। वह घर बसाने के लिए विवाह करता है, किन्तु पता नहीं कैसे जीवन में कटुता का प्रवेश हो जाता है और वह सभी सुखों से वंचित हो जाता है। वह बड़े प्यार से अपनी सन्तान का पालन-पोषण करता है, किन्तु सन्तान का सुख उसे नहीं मिल पाता। इसी प्रकार उदारता, कृतज्ञता, मित्रता, न्याय और तमाम अन्य मानव-व्यापारों में प्रवृत्त होते हुए भी वह उनके मर्म को नहीं समझ पाता। ख़लील जिब्रान उन्हीं अबूझे रहस्यों को समझने के लिए एक संवेदनशील, किन्तु विवेकपूर्ण दृष्टि देता है। उसके विचार मनुष्य की शंकाओं का समाधान ही नहीं करते, उसे जीवन के सौन्दर्य से परिचित भी कराते हैं। ख़लील जिब्रान को साथ लेकर जीवन का अन्वेषण करना मन को आह्लादित करता है। वह कोई उपदेश नहीं देता, केवल दृष्टि के धुंधलेपन को मिटाता है और मन को उस सहजावस्था में पहुंचा देता है, जहां आनन्द के लघुतम कारणों से भी स्फूर्ति के सन्देश मिलने लग जाते हैं।

'द प्रॉफेट' का अनुवाद करते हुए मुझे जितना सुख मिला, उतना ही कष्ट भी झेलना पड़ा। जिब्रान के प्रत्येक उद्गार की उंगली पकड़कर उसके भाव-जगत में विचरण करना निश्चय ही बड़ा प्रीतिकर अनुभव था, किन्तु उसके शिल्प

और उसकी व्यंजनाओं को यथावत सुरक्षित रखते हुए उसके वचनों का हिन्दी में अनुवाद कर पाना उतना ही कठिन भी लगा। इतना ही सन्तोष है कि हिन्दी के पाठकों तक ख़लील जिब्रान के जीवन-दर्शन का सार पहुंचाने के इस उपक्रम में कहीं मैं भी शामिल रही हूं।

नीलिमा सिंह

पैग़म्बर

जलयान का आना

अलमुस्तफ़ा, सबकी आंखों का तारा, सबका प्रिय और स्वयं अपने ही दिवस का सूर्योदय, बारह वर्षों से आर्फलीज नगर में अपने जलयान की प्रतीक्षा कर रहा था, जो उसे वापस ले जाकर उस द्वीप में पहुंचाने वाला था, जो उसकी जन्मभूमि था।

और बारहवें वर्ष, फ़सलें कटने का मौसम आया, इलूल महीने की सातवीं तिथि के दिन वह नगर की चारदीवारी के बाहर पहाड़ पर चढ़ा और समुद्र की ओर निहारने लगा; और उसे बहुत दूर, धुंध में घिरा हुआ अपना जलयान आता हुआ दिखाई दिया।

तव उसके हृदय के द्वार अकस्मात खुल गए और उसका उल्लास समुद्र की सतह पर दूर-दूर तक छिटक गया। उसने आंखें बन्द कर लीं और अपनी आत्मा के मौन में लीन होकर प्रार्थना करने लगा।

किन्तु उसने जैसे ही पहाड़ से उतारना शुरू किया, उसके हृदय पर उदासी छाने लगी और वह मन में सोचने लगा :

यहां से उदास हुए बिना शान्त मन से कैसे जा सकता हूं? नहीं, अपनी आत्मा को घायल किए बिना मैं इस नगर को नहीं छोड़ सकूंगा।

बहुत लम्बे थे वे पीड़ा के दिन, जो मैंने इस नगर की चारदीवारी के भीतर व्यतीत किए और बहुत लम्बी थीं एकाकीपन से भरी हुई रातें। कौन है जो मन में पछताए बिना ही अपनी पीड़ा और एकाकीपन से विदा ले सकता हो!

इन गलियों में मैंने अपनी आत्मा के बहुतेरे खंड बिखेरे हैं और बहुतेरे हैं मेरी कामनाओं के शिशु, जो इन पहाड़ों पर नंगे घूम रहे हैं! मैं अपने दिल पर एक बोझ और एक दर्द लिए बिना उनसे विदा नहीं ले सकता।

आज के दिन मैं अपने शरीर से कोई वस्त्र नहीं उतार रहा हूं, यह मेरी त्वचा है, जिसे अपने ही हाथों से छील रहा हूं।

अपने पीछे जिसे छोड़कर जा रहा हूं वह मेरा विचार नहीं, हृदय है, जिसमें भूख और प्यास ने मिठास भर दी है।

किन्तु अब और नहीं रुक सकता।

सभी को अपने भीतर समा लेने वाले समुद्र ने मुझे पुकारा है और मुझे प्रस्थान करना पड़ेगा।

यूं तो जीवन के प्रहर रात-भर जलते रहेंगे, किन्तु अब ठहर जाने का अर्थ होगा बर्फ़ हो जाना, जड़ीभूत होकर क़ैद हो जाना किसी सांचे में।

काश, मैं अपने साथ यहां का सब-कुछ समेटकर ले जा सकता, किन्तु कैसे!

वाणी उस जिह्वा और उन अधरों को साथ नहीं ले जा सकती, जो उसे ऊर्जा देते हैं। अकेले ही आकाश की तलाश में चल पड़ना होगा उसे।

और अकेले ही अपने घोंसले को पीछे छोड़कर चील उड़ान भरती हुई सूर्य के पार निकल जाएगी।

जब वह पहाड़ से नीचे उतर आया, तब उसने पुनः समुद्र की तरफ़ पलटकर दृष्टि डाली और देखा कि उसका जलयान धीरे-धीरे बन्दरगाह की तरफ़ बढ़ रहा था। उस पर खड़े मल्लाह पहचाने जा रहे थे। वे उसी के देशवासी थे।

और उसकी आत्मा ने उन्हें आवाज़ दी। वह कहने लगा :

मेरी चिर पुरातन मां के बेटो! ओ, ज्वार पर सवार रहने वालो!

न जाने कितनी बार तुम मेरे स्वप्नों में नौका-विहार करते हुए आए हो। आज तुम मेरे जागरण में आ पहुंचे, जो उससे भी गहरा स्वप्न है मेरा।

जाने के लिए बिल्कुल तैयार हूं मैं। मेरी उतावली के खुले हुए पाल सिर्फ़ हवा के चल पड़ने की प्रतीक्षा में हैं।

इस ठहरी हुई हवा में सिर्फ़ एक सांस लेना बाक़ी है, सिर्फ एक बार प्यार-भरी दृष्टि डालनी है पीछे की तरफ़।

और उसके बाद मैं तुम्हारे साथ आकर खड़ा हो जाऊंगा समुद्रयात्रियों के बीच एक समुद्रयात्री।

और तू, अनन्त सागर! सोई हुई मां!

केवल तू ही जलधाराओं और सरिताओं की शान्ति और मुक्ति है।

यह जलधारा केवल एक मोड़ और घूमेगी, केवल एक बार और इस वन-वीथिका पर गुनगुनाएगी।

और तब मैं तुझ तक पहुंच जाऊंगा, एक अनन्त बिन्दु समा जाएगा अनन्त सागर में।

चलना शुरू करते ही उसे दूर से दिखाई पड़ा कि तमाम नर-नारी खेतों और

अंगूर के बग़ीचों से अपना-अपना काम छोड़कर नगर द्वार की तरफ़ तेज़ी से बढ़े चले आ रहे हैं।

उसने उनकी आवाज़ें सुनीं, जो उसका नाम पुकार रही थीं और एक खेत से दूसरे खेत तक चीख़-चीख़कर सूचना दे रही थीं कि उसका जलयान आ पहुंचा है।

उसने मन-ही-मन कहा :

क्या बिछुड़ने का दिन ही सबके मिलन का दिन होगा?

और क्या यह कहा जाएगा कि यह सन्ध्या दरअसल मेरा सूर्योदय थी?

मैं उसे भला क्या दे सकूंगा, जो अपना हल चलाना अध-बीच में ही छोड़ आया है या जिसने अंगूर का रस निकालने वाले यन्त्र का पहिया मेरे कारण रोक दिया है?

क्या मेरा हृदय फलों के भार से लदा हुआ वृक्ष नहीं बन सकता कि मैं उन फलों को बटोरकर इन्हें दे डालूं ?

क्या मेरी इच्छाएं झरने की तरह नहीं बह सकतीं कि मैं इनके प्यालों को भर दूं?

क्या मैं ऐसी वीणा हूं कि सर्वशक्तिमान की उंगलियां मुझे छुएं या ऐसी बांसुरी कि उसकी सांसें मुझमें से होकर गुज़रें ?

मैं ख़ामोशियों का अन्वेषी हूं, लेकिन उन ख़ामोशियों में मुझे वह कौन-सा ख़ज़ाना मिल गया है, जिसे मैं शान से सबको बता सकूं?

यदि यह मेरे लिए फ़सल काटने का दिन है, तो मैंने कौन-से खेतों में बीज बोए थे और कौन-से भूले-बिसरे मौसम में?

यदि यही वह घड़ी है, जब मुझे अपना दीपक उठाकर प्रकाश फैलाना है, तो वह मेरी ज्योति नहीं होगी, जो इसमें जलेगी।

मैं तो इस रीते और अंधियारे दीपक को ही उठा दूंगा।

और रात्रि का देवता इसमें तेल भरकर इसे प्रज्वलित भी कर देगा।

यह सब उसने शब्दों में कहा, किन्तु हृदय में बहुत कुछ अनकहा रह गया, क्योंकि वह स्वयं ही अपने हृदय के गहनतर रहस्यों को वाणी नहीं दे सकता था।

जब उसने नगर में प्रवेश किया, तो सारे नर-नारी उससे मिलने आए और सब मानो एक ही स्वर में उसे पुकारने लगे। नगर के वृद्ध जन सामने आकर कहने लगे :

अभी हमें छोड़कर न जाओ!

तुम हमारी गोधूलि में मध्याह्न बनकर रहे हो और तुम्हारे यौवन ने हमें सपना देखने के लिए सपने दिए हैं।

तुम हमारे बीच अजनबी नहीं हो, न अतिथि हो। तुम तो हमारे पुत्र और प्राण-प्रिय हो।

अभी ऐसी सज़ा न दो कि हमारी आंखें तुम्हारा मुख देखने को तरस जाएं।

पुजारियों तथा पुजारिनों ने उससे कहा :

समुद्र की लहरें हमें अभी से जुदा न करें और तुमने हमारे साथ जो वर्ष

बिताएं हैं, वे स्मृति-मात्र न बन जाएं।

तुम हमारे बीच किसी दिव्य आत्मा की तरह विचरण करते रहे हो और तुम्हारी परछाईं हमारे चेहरों को आलोकित करती आई है।

हमने तुमसे बहुत प्रेम किया है, किन्तु हमारा प्रेम वाणी से वंचित रहा। और कई पर्दों ने उस पर पर्दा डाले रखा।

किन्तु अब वह चीख़-चीख़कर तुम्हें पुकार रहा है और तुम्हारे सामने प्रत्यक्ष होकर खड़े रहना चाहता है।

यह तो सदा होता आया है कि प्रेम को अपनी गहराई की थाह नहीं मिल पाती, जब तक वियोग का क्षण न आ पहुंचे।

तब तक बाक़ी लोग भी आ पहुंचे और उससे रुक जाने के लिए आग्रह करने लगे, किन्तु उसने कोई उत्तर नहीं दिया। केवल अपना सिर झुका लिया। पास खड़े लोगों ने उसके वक्ष पर उसके आंसुओं को गिरते देखा।

उसके साथ पूरा जन-समूह मन्दिर के सामने वाले विशाल चौक की तरफ़ बढ़ चला।

तब एक स्त्री पूजा-कक्ष से बाहर निकली। उसका नाम अलमित्रा था। वह एक साध्वी थी।

उसने साध्वी की तरफ़ अत्यन्त स्निग्ध भाव से देखा, क्योंकि यह वही स्त्री थी, जिसने पहले-पहल उसे पहचाना था और उस पर विश्वास किया था, जबकि उसे इस नगर में आए हुए बस एक ही दिन हुआ था।

और साध्वी ने उसका अभिवादन करते हुए कहा :

प्रभु के पैग़म्बर! परम तत्त्व की खोज में तुम बहुत लम्बे समय से अपने जलयान को दूर-दूर तक तलाश करते रहे हो।

अब तुम्हारा जलयान आ पहुंचा है और तुम अवश्य चले जाओगे।

अपनी स्मृतियों के उस देश के लिए और अपनी उच्चतर कामनाओं के परम धाम के लिए तुम्हारी लगन बहुत गहरी है, अतः हमारा प्रेम तुम्हारी बेड़ी नहीं बनेगा, न हमारे स्वार्थ तुम्हें रोकेंगे।

फिर भी हमारा अनुरोध है कि जाने से पहले तुम हमसे बातें करो और हमें अपने सत्य का ज्ञान दो।

वह ज्ञान हम अपने बच्चों को देंगे और फिर वे अपने बच्चों को देंगे और वह अमर हो जाएगा।

अपने एकाकीपन में तुमने हमारे दिनों के साथ हमें देखा है, और अपने जागरण में तुमने हमारी निद्रा को हंसते हुए और रोते हुए सुना है।

इसलिए अब हमें हमारे सामने ही उद्घाटित करो और हमारे जीवन-मृत्यु के अन्तराल में जो कुछ भी तुमने देखा है, उसका वर्णन करो।

और उसने उत्तर दिया :

हे, आर्फलीज के निवासियो! मैं और किस विषय पर बोल सकता हूं, सिवा उसके जो अभी भी तुम्हारी आत्माओं में संचरित हो रहा है?

प्रेम

अलमित्रा ने कहा : हमें प्रेम का अर्थ समझाओ।

तब उसने अपना मस्तक उठाया और उस जन-समूह की तरफ़ देखा, सर्वत्र शान्ति छा गई। गम्भीर स्वर में वह कहने लगा :

प्रेम जब भी तुम्हें पुकारे, उसके पीछे चल पड़ो, यद्यपि उसके रास्ते बीहड़ और दुर्गम हैं।

जब उसके डैने तुम्हें अपने वक्ष में समेटने लगें, समर्पित हो जाओ!

उसके बग़ल में छिपी हुई तलवार तुम्हें घायल भी करती हो, तो किया करे।

जब वह तुमसे कुछ कहे, तो उस पर विश्वास करो।

सम्भव है कि उसकी वाणी तुम्हारे स्वप्नों को चूर-चूर भी कर दे, जैसे उत्तर की बर्फ़ीली हवा पूरे उपवन को उजाड़ देती है।

क्योंकि प्रेम यदि तुम्हें राजमुकुट पहना सकता है, तो सलीब पर भी चढ़ा सकता है। वह यदि तुम्हारे विस्तार के लिए है, तो तुम्हें तराशने के लिए भी।

वह जिस तरह तुम्हारी ऊंचाइयों पर चढ़कर धूप में लहराती हुई तुम्हारी कोमलतम टहनियों को प्यार से सहलाता है, उसी तरह तुम्हारी जड़ों तक भी उतर जाता है और धरती से उनके जकड़ाव को झिंझोड़कर ढीला कर देता है।

वह तुम्हें कटी हुई फ़सल के गट्ठर की तरह एकत्र कर लेता है।

फिर तुम्हें नग्न करने के लिए तुम्हें कूटता-पीटता है।

फिर तुम्हें अपनी भूसी से मुक्त करने के लिए फटकता है।

फिर तुम्हें उजला बनाने के लिए चक्की में पीसता है।

फिर जब तक तुम्हारे अन्दर लोच न पैदा हो जाए, तब तक तुम्हें गूंधता है।

तब वह तुम्हें अपनी पवित्र अग्नि में सेंकता है कि तुम प्रभु के पवित्र भोज के लिए पवित्र रोटी बन सको।

प्रेम तुम्हारे साथ इतना कुछ करेगा जिससे कि तुम अपने हृदय के रहस्यों को जान सको और उस ज्ञान को पाकर विश्व-प्राण के हृदय का अंश बन सको।

किन्तु यदि तुम्हें इन बातों से भय लगता हो और तुम केवल प्रेम की शान्ति और प्रेम के आनन्द को ही पाना चाहते हो तो तुम्हारे लिए यही उचित होगा कि तुम अपनी नग्नता को ढंक लो और प्रेम के इस खलिहान से बाहर निकल जाओ।

चले जाओ उस जगत में, जहां ऋतुएं नहीं होतीं, जहां तुम हंसो भी, तो तुम्हारी सम्पूर्ण खिलखिलाहट प्रकट न हो और रोओ भी, तो तुम्हारे सम्पूर्ण आंसू न बह सकें।

प्रेम केवल स्वयं को ही देता है और स्वयं से ही पाता है।

प्रेम किसी पर आधिपत्य नहीं जमाता और न ही किसी के आधिपत्य को स्वीकार करता है।

क्योंकि प्रेम के लिए प्रेम ही पर्याप्त है।

तुम जब प्रेम करो, तो यह मत कहो कि 'प्रभु मेरे हृदय में है।' तुम्हें कहना चाहिए कि 'मैं प्रभु के हृदय में हूं।'

यह कभी मत सोचो कि तुम प्रेम का मार्गदर्शन कर सकते हो, क्योंकि यदि तुम सुपात्र हो, तो प्रेम स्वयं ही तुम्हारा मार्गदर्शन करेगा।

स्वयं को कृतार्थ करने के अतिरिक्त प्रेम की और कोई इच्छा नहीं होती, किन्तु यदि तुम प्रेम करो और तुमसे इच्छा किए बिना न रहा जाए, तो यही इच्छा करो कि तुम द्रवित होकर उस निर्झरिणी की तरह बहने लगो, जो रात्रि के लिए मधुर गायन करती है।

कि तुम अतिशय संवेदनशील होने की पीड़ा को जान जाओ।

कि तुम प्रेम की अपनी ही धारणा के हाथों आहत हो जाओ, और बह जाने दो अपना लहू अपनी सहमति से, सानन्द।

कि तुम प्रातःकाल जागो, तो हृदय आनन्द से फड़क रहा हो और तुम प्रेम का एक दिन और पा जाने की कृतज्ञता व्यक्त करने लगो।

कि तुम दोपहर में विश्राम करो, तो हृदय प्रेम के चरम आनन्द का मनन कर रहा हो।

और इसके बाद, जब तुम सोने जाओ तो हृदय में प्रियतम के कल्याण की प्रार्थना हो और अधरों पर उसकी प्रशंसा का गीत ।

विवाह

तंब अलमित्रा ने ही अगला प्रश्न किया : विवाह किसे कहते हैं, प्रभु?

उसने उत्तर देते हुए कहा :

तुम साथ जन्मे थे और अनन्त काल तक साथ रहोगे।

यह साथ तब भी बना रहेगा, जब मृत्यु के सफ़ेद पंख फड़फड़ाकर तुम्हारे जीवन के क्षणों को तितर-बितर कर देंगे।

हां, परमात्मा की मौन स्मृतियों में भी तुम एक-दूसरे के साथ हुआ करोगे।

अपनी निकटता के बीच में कहीं-कहीं अन्तराल भी छूट जाने दो।

स्वर्ग की हवाओं को इन अन्तरालों में नृत्य करने दो।

एक-दूसरे से प्रेम तो करो, किन्तु प्रेम को बेड़ी मत बनाओ। कितना अच्छा होगा कि तुम्हारी आत्माओं के दो किनारों के मध्य एक समुद्र हिलोरें ले रहा हो।

एक-दूसरे का प्याला तो भरो, किन्तु दोनों एक ही प्याले से मत पीयो।

अपनी रोटी दूसरे को खिला दो, किन्तु दोनों एक ही रोटी में से मत खाओ।

मिलकर नाचो, गाओ और ख़ुशियां तो मनाओ, किन्तु अपनी-अपनी जगह पर अकेले रहो।

वैसे ही, जैसे वीणा का प्रत्येक तार अकेला रहकर भी एक ही संगीत से झंकृत होता है।

एक-दूसरे को अपना हृदय तो अर्पित करो, किन्तु लेकर रख लेने के लिए मत दो।

क्योंकि केवल विश्व-प्राण का हाथ तुम्हारे हृदय को ग्रहण कर सकता हैं।

एक साथ खड़े तो रहो, किन्तु बहुत अधिक सट मत जाओ, क्योंकि मन्दिर के स्तम्भ हमेशा कुछ-कुछ दूरी पर स्थित रहा करते हैं।

शाहबलूत और सरू के वृक्ष एक-दूसरे की छाया में नहीं पनप सकते।

सन्तान

और एक स्त्री वहां अपने बच्चे को गोद में लिए खड़ी थी।

वह बोली : सन्तान के विषय में कुछ कहो!

वह बोला :

तुम्हारी सन्तान तुम्हारी सन्तान नहीं है।

ये विश्व-प्राण की स्वयं अपने प्रति जाग्रत होने वाली आसक्ति के पुत्र और पुत्रियां हैं।

तुम्हारी सन्तान तुम्हारे माध्यम से तो उत्पन्न हुई है, किन्तु तुमसे नहीं।

ये तुम्हारे साथ भले ही हों, किन्तु तुम्हारी अपनी वस्तु नहीं हैं।

तुम इन्हें अपना प्यार तो दे सकते हो, किन्तु विचार नहीं।

क्योंकि ये अपने ही विचार रखते हैं।

तुम अपने भवन में इनके शरीर को तो रख सकते हो, किन्तु आत्मा को नहीं, क्योंकि इनकी आत्माएं भविष्य के भवन में निवास करती हैं, जहां तुम्हारा गमन सम्भव नहीं, स्वप्न में भी नहीं।

तुम उनके समान बनने की चेष्टा तो कर सकते हो, किन्तु उन्हें अपने समान बनाने की लालसा मत रखो।

क्योंकि जीवन पीछे की तरफ़ नहीं बढ़ता और न गुज़रे हुए काम के साथ रुकता है।

तुम वह धनुष हो, जिससे तुम्हारी सन्तान जीवित बाणों के रूप में छोड़ी जाती है।

धनुर्धारी प्रभु अनन्त की दिशा में निशाना साधकर अपनी शक्ति से तुम्हें झुका देता है कि उसके बाण तीव्र गति से दूर जा पहुंचे।

प्रभु के हाथों अपने झुक जाने के अनुभव को आनन्द का कारण बनने दो।

क्योंकि वह जितना प्यार अपने छूट जाने वाले बाण से करता है, उतना ही प्यार अपने धैर्यवान धनुष से भी करता है।

दान

तब एक धनी व्यक्ति ने कहा : हमें दान का अर्थ समझाओ।

उसने उत्तर दिया :

जब तुम अपनी भौतिक सम्पदा में से दान करते हो, तो कुछ न देने जैसा देते हो।

आत्म-दान करना ही वास्तविक दान है।

तुम्हारी भौतिक सम्पदा उन वस्तुओं के सिवा और क्या है, जिन्हें तुम इस डर के कारण सबसे बचाकर रखते हो कि तुम्हें कल उनकी ज़रूरत पड़ सकती है?

और वह भी कैसा कल? कल का दिन उस अति दूरदर्शी कुत्ते को क्या देगा, जो पवित्र नगर के तीथ-यात्रियों के पीछे चलता हुआ रेगिस्तान के बेनिशान रास्तों पर जहां-तहां हड्डियां छिपा दिया करता है?

और ज़रूरत का डर क्या स्वयं भी एक ज़रूरत ही नहीं है?

तुम्हारा कुआं जल से भरा हो, फिर भी तुम प्यास से डरो, तो क्या वह एक कभी न बुझ सकने वाली प्यास नहीं होगी?

कई लोग हैं, जो पास में बहुत कुछ रहते उसका थोड़ा-सा अंश दान कर देते हैं और वह भी यश की कामना से। उनकी यही परोक्ष कामना उनके दान को अपर्याप्त बना देती है।

ऐसे भी लोग हैं, जिनके पास बहुत थोड़ा है और वे सारा-का-सारा दे डालते हैं।

ये जीवन में और जीवन की सम्पन्नता में आस्था रखने वाले लोग होते हैं और इनका भंडार कभी ख़ाली नहीं होता।

लोग हैं, जो प्रसन्न होकर दान करते हैं और यही प्रसन्नता उनका पुरस्कार है।

दूसरे हैं, जो कष्ट से दान करते हैं और यही कष्ट उनका ईमान है।

ऐसे लोग भी हैं, जो दान करते हैं और उन्हें दान करते कष्ट नहीं होता, न उन्हें प्रसन्नता की कामना होती है, न पुण्य कमाने की।

ऐसा है यह दान, जैसे किसी एकान्त घाटी में हिना अपनी महकती हुई सांसों को पूरे वातावरण में बिखरा दे।

ऐसे ही दाता के हाथों के माध्यम से परमात्मा का सन्देश सुनाई देता है और उसकी आंखों के पीछे से परमात्मा पृथ्वी की तरफ़ देखकर मुस्कुराता है।

किसी की याचना पर दान करना अच्छा है, किन्तु उससे कहीं अच्छा है, बिन मांगे स्वेच्छा से देना।

ऐसे मुक्त दानी को दान की क्रिया से अधिक आनन्द इस बात से मिलता है

कि उसके दान से उपकृत होने वाला कोई व्यक्ति उसे दिखाई दे गया है।

संसार में ऐसा क्या है, जिसे तुम अपने लिए बचाकर रखना चाहो?

तुम्हारे पास जितना कुछ है, वह कभी-न-कभी किसी और को मिल जाएगा।

फिर क्यों न अभी दे डालो कि दान का मौसम तुम्हारा हो, तुम्हारे वारिसों का नहीं?

तुम अकसर कहते हो, 'मैं दान करूंगा, किन्तु केवल उसे ही, जो दान का अधिकारी हो।'

तुम्हारे उद्यान के वृक्ष तो ऐसा नहीं कहते, न ही तुम्हारे चरागाहों के पशु-वृन्द।

वे देते हैं कि जी सकें, क्योंकि न देना उनकी मौत है।

निश्चय ही जो दिनों और रातों को प्राप्त करने का अधिकारी है, वह तुमसे बाक़ी चीज़ें भी प्राप्त करने का अधिकारी है।

वह जो विश्व-प्राण के समुद्र का जल पीने का अधिकारी है, वह तुम्हारी क्षुद्र सरिता में से अपना प्याला भरने का अधिकारी तो है ही।

किस रेगिस्तान की विशालता तुम्हारे द्वारा किसी के दान को स्वीकार करने की दृढ़ता की, साहस की...नहीं, दानशीलता की बराबरी कर सकती है?

तुम होते कौन हो कि ज़रूरतमन्द लोग सिर्फ़ इसलिए तुम्हारे सामने अपने शरीर को चीर-फाड़कर दिखाएं और अपनी इज़्ज़त को बेनकाब करें कि तुम उनकी औकात को, नंगेपन को और उनकी शान को शर्मिन्दगी की हालत में देख सको?

पहले यह तो देख लो कि तुम स्वयं दाता बनने या दान का उपकरण बनने के अधिकारी हो भी या नहीं।

सच पूछो तो जीवन ही जीवन को दान करता है, जबकि तुम जो दाता होने का दम्भ करते हो, केवल उसके गवाह बनते हो।

तुम जो ज़रूरतमन्द हो, तुम कृतज्ञता के काल्पनिक भार को मत ढोओ, अन्यथा तुम स्वयं अपने दाता के कन्धों पर जुआ रख दोगे।

अच्छा होगा कि तुम अपने दाता के साथ मिलकर उसके उपहारों को ऊपर उठाओ, जैसे पक्षी के दो डैने मिलकर उड़ान भरते हैं।

क्योंकि ऋण के प्रति आवश्यकता से अधिक आभार जतलाते रहना उस दाता की उदारता पर अविश्वास प्रकट करना है। जिसकी मां यह उदारमना धरती है और पिता स्वयं परमपिता परमात्मा है।

भूख और प्यास

तब एक बूढ़ा सामने आया, जो किसी सराय का मालिक था और बोला, हमें खान-पान के विषय में कुछ समझाओ।

और उसने कहा :

काश, तुम धरती की गन्ध पर जीवित रह सकते और पवनजीवी पौधों की तरह प्रकाश से ही भोजन ग्रहण कर लेते!

किन्तु यदि तुम्हें भूख मिटाने के लिए पशुओं का वध करना ही है और प्यास बुझाने के लिए नवजात बछड़े की मां का दूध ज़बर्दस्ती छीन ही लेना है, तो फिर इस कार्य को श्रद्धाभाव से करो!

और भोजन के थाल को वह बलिवेदी समझो, जिस पर जंगलों और मैदानों के तमाम निष्पाप और निरीह जीवों की बलि चढ़ाई जाती है, मनुष्य के उस आत्मतत्त्व के पोषण के लिए, जो उन जीवों से भी अधिक निष्पाप और निरीह है।

जब भी तुम किसी पशु का वध करो, उस वक़्त अपने दिल में उससे कहो :

'जो शक्ति तुम्हारा वध कर रही है, वही किसी दिन मेरा भी वध करेगी और फिर मुझे भी खा लिया जाएगा।

'क्योंकि जिस नियम ने तुम्हें मेरे हवाले किया है, वह किसी दिन मुझे भी मुझसे अधिक शक्तिशाली सत्ता के हवाले करेगा।

'तुम्हारा ख़ून और मेरा ख़ून' स्वर्ग के वृक्ष को सींचने के एक बहाने के सिवा और कोई अर्थ नहीं रखता।'

और जब तुम सेब को अपने दांतों तले कुचलो, तो अपने दिल में उससे कहो :

'तुम्हारे बीज मेरे शरीर में जीवित रहेंगे।

'और मेरे हृदय में तुम्हारी भावी कलियां खिलेंगी।

'तुम्हारी महक़ मेरी सांसों में होगी।

'और हम ख़ुशियां मनाते हुए हर मौसम की बहारों से गुज़रते वक़्त साथ हुआ करेंगे।'

और शरद् में, जब तुम अंगूर के गुच्छे बटोरकर उन्हें रस निचोड़ने वाले यन्त्र में डालो, तो अपने दिल में उनसे कहो :

'मैं भी एक अंगूर का बग़ीचा हूं और किसी दिन मेरे फलों को भी इसी तरह बटोरकर उनका रस निचोड़ा जाएगा।

'और नई मदिरा की तरह मुझे भी अनन्त के पात्रों में संचित करके रख दिया जाएगा।'

सर्दियों में जब तुम उस मदिरा को पीने के लिए निकालो, तो प्रत्येक प्याले के लिए तुम्हारे हृदय में एक गीत हुआ करे।

और उस गीत में शरद की, अंगूर के बग़ीचे की और निचुड़ते हुए रस की मधुर स्मृतियां विद्यमान हों।

कर्म

तब एक हलवाहे ने कार्य के विषय में जिज्ञासा की।

और उसने उत्तर देते हुए कहा :

तुम काम करते हो जिससे कि धरती और धरती की आत्मा की रफ्तार के साथ चल सको।

निठल्ला होना मौसम की बहारों के लिए अजनबी बन जाना है और अलग हो जाना है जीवन की उस शोभा यात्रा से, जो राजसी ठाट-बाट से निकलती है, शानदार समर्पण करती हुई अनन्त को।

कार्य करते हुए तुम वह बांसुरी बन जाते हो, जिसके हृदय से समय की सांस गुज़रती है और संगीत में बदल जाती है।

तुम में से कौन है, जो गूंगी और ख़ामोश नरकुल बने रहना चाहेगा, उस वक़्त, जब सारा संसार एक ही बांसुरी के स्वर में शामिल हो रहा हो?

तुमसे हमेशा कहा गया है कि कर्म एक अभिशाप है और श्रम है दुर्भाग्य।

किन्तु मैं तुमसे कहता हूं कि जब तुम कर्म करते हो, तब तुम धरती के प्राचीनतम स्वप्न के एक अंश को पूरा करते हो, जिसका दायित्व तभी सौंपा गया था तुम्हें, जब वह स्वप्न जन्मा था।

तुम्हारा श्रम में डूबे रहना ही सही अर्थों में ज़िन्दगी से प्यार करते रहना हैं।

ज़िन्दगी को श्रम के माध्यम से प्यार करना ही उसके अन्तरंग रहस्यों को बारीक़ी से जान लेना है।

किन्तु यदि तुम अपने कष्टों से घबराकर यह कहने लगे कि तुम्हारा जन्म एक विपत्ति है और हाड़-मांस की बनी काया का पोषण करना तुम्हारे माथे पर लिखा हुआ अभिशाप है, तो मेरा उत्तर यही है कि तुम्हारे माथे के पसीने के अलावा और कुछ नहीं है, जो उस लिखे हुए अभिशाप को धो सके।

तुमसे यह भी कहा गया होगा कि जीवन अन्धकारमय है और जब तुम थके-हारे होते हो, तो तुम थके-हारे लोगों के विचारों को ही प्रतिध्वनित करने लगते हो।

मैं भी कहता हूं कि जीवन सचमुच अन्धकारमय है यदि आकांक्षा न हो।

सारी आकांक्षाएं अन्धी हैं, यदि ज्ञान न हो।

सारा ज्ञान व्यर्थ है, यदि कर्म न हो।

सारा कर्म खोखला है यदि प्रेम न हो।

जब तुम प्रेम से प्रेरित होकर कर्म करते हो, तब तुम स्वयं को स्वयं से बांधते हो और एक-दूसरे से बांधते हो और भगवान से बांधते हो।

प्रेम से प्रेरित कर्म क्या होता है?

यह अपने हृदय से खींचकर काते गए सूत से कपड़ा बुनना है, मानो तुम्हारी प्रेयसी ही पहनने वाली हो उसे।

यह इतने प्यार से भवन का निर्माण करना है, मानो तुम्हारी प्रेयसी ही रहने वाली हो वहां।

यह इतनी कोमलता से बीज बोना और इतने आनन्दित होकर फलों का संचय करना है, मानो तुम्हारी प्रेयसी ही खाने वाली हो वे फल।

यह अपने हाथों किए गए प्रत्येक कर्म को अपनी दिव्यता की ऊर्जा से भर देना है।

और ऐसा महसूस करना है, मानो समस्त निर्जीव सत्ताएं तुम्हारे आसपास खड़ी तुम्हारे कर्मों को निहार रही हैं।

मैंने अकसर तुम्हें कहते हुए सुना है, उस वक़्त तुम मानो नींद में बोल रहे होते हो कि 'वह शिल्पी, जो संगमरमर की शिला को तराशकर उसमें अपनी ही आत्मा के स्वरूप के दर्शन करता है, उस व्यक्ति से महानतर है, जो खेतों में हल चलाता है।

'और वह चित्रकार जो इन्द्रधनुष के रंगों को पकड़कर अपने फलक पर मानव की अनुकृतियां अंकित करते हुए बिखरा देता है, उस व्यक्ति से श्रेष्ठतर है, जो हमारे पैरों के लिए चप्पलें गढ़ता है।'

किन्तु मैं कहता हूं, नींद में नहीं, दुपहर की अति जाग्रत अवस्था में कहता हूं कि पवन जो संवाद शाहबलूत से करता है, वह उसकी अपेक्षा अधिक मीठा नहीं हो सकता, जो वह घास के तिनकों से करता है।

केवल वही व्यक्ति महान है, जो पवन के स्वरों को एक गीत में बदल देता है और अपने प्रेम से उस गीत की मिठास को प्रगाढ़ कर देता है।

प्रेम को दृष्टिगोचर बना देना ही कर्म है।

यदि तुम कर्म से प्रेम नहीं कर सकते और उसके प्रति सिर्फ़ अनिच्छा ही प्रकट करते हो, तो बेहतर होगा कि तुम कर्म करना छोड़ दो और किसी मन्दिर के द्वार पर बैठकर उन लोगों से भीख मांगा करो, जो ख़ुशी-ख़ुशी कर्म किया करते हैं।

क्योंकि यदि तुम उपेक्षा के भाव से रोटी पकाते हो, तो तुम कड़वी पकाते हो, जो मनुष्य की आधी भूख को ही शान्त कर सकेगी।

यदि तुम चिड़चिड़ाकर अंगूरों का रस निचोड़ते हो, तो तुम्हारी झल्लाहट उस मदिरा में ज़हर की बूंदें टपका देती है।

यदि तुम फरिश्तों की तरह भी गा सकते हो, किन्तु उस गायन से प्रेम नहीं करते, तो तुम मनुष्य के कानों को इस तरह मूंदे दे रहे हो कि वह इसके बाद न तो दिन के स्वरों को सुन सके और न रात के।

सुख और दुख

तब एक स्त्री ने कहा : हमें सुख और दुख के विषय में बतलाओ।

और उसने उत्तर दिया :

तुम्हारा सुख तुम्हारे दुख का ही बेनकाब चेहरा है।

जिस कुएं से तुम्हारी हंसी बाहर आ रही है, यह वही कुआं है, जो अकसर तुम्हारे आंसुओं से भर जाया करता था।

इसके सिवा और हो भी क्या सकता है?

दुख जितनी गहराई तक तुम्हारे मन को तराशेगा, उतना ही सुख उसमें समा सकेगा।

तुम्हारी मदिरा को धारण करने वाला प्याला क्या वही प्याला नहीं है, जो कुम्हार की भट्टी में तपा था?

यह बांसुरी जो तुम्हारी आत्मा को शीतल करती है, क्या वही लकड़ी नहीं है, जिसे औज़ारों ने कुरेदकर खोखला बनाया था?

प्रसन्नता के क्षणों में अपने हृदय की गहराइयों में झांको और तुम पाओगे कि जिस कारण ने तुम्हें दुख पहुंचाया था, वही इस वक़्त तुम्हें सुख पहुंचा रहा है।

शोक के क्षणों में फिर से अपने हृदय में झांको और तुम पाओगे कि वास्तव में तुम उसी वस्तु के लिए रो रहे हो, जो तुम्हारे हर्ष का कारण रही है।

तुममें से कुछ लोग कहते हैं, 'दुख से श्रेष्ठ है सुख' और दूसरे लोग कहते हैं, 'नहीं, दुख श्रेष्ठतर है।'

किन्तु मैं तुमसे कहता हूं कि दोनों अविभाज्य हैं।

दोनों एक साथ आते हैं और जब इनमें से एक तुम्हारे साथ भोजन करने बैठा हो, तब याद रखो कि दूसरा तुम्हारे पलंग पर सोया पड़ा होगा।

सच पूछो, तो तुम तराज़ू की डंडी की तरह अपने सुख और दुख के पलड़ों के बीच उठते और गिरते रहते हो।

तुम सिर्फ़ तभी स्थिर और सन्तुलित रह सकते हो, जब तुम भीतर से ख़ाली हो जाओ।

जब संसार के समस्त कोषों का स्वामी अपना सोना और चांदी तौलने के लिए तुम्हें उठाए, तो क्या सुख और दुख के पलड़ों में चढ़ाव या उतार का होना ज़रूरी है?

घर

तब एक राजगीर आगे बढ़ा और बोला : हमें यह समझाओ कि घर क्या होता है?

और उसने उत्तर देते हुए कहा :

नगर की सीमा में घर बनाने से पहले तुम वन-प्रान्तर में अपनी कल्पना का कुंज-भवन बनाओ।

क्योंकि यद्यपि तुम तो गोधूलि वेला में अपने घर लौट आते हो, किन्तु तुम्हारे अन्तर्मन का सैलानी हमेशा दूरस्थ और एकाकी रह जाता है।

तुम्हारा घर विस्तृत शरीर है।

वह सूर्य के प्रकाश में विकास करता है और रात्रि के सन्नाटे में सो जाता है और उसकी वह नींद स्वप्नरहित नहीं होती। क्या तुम्हारा घर स्वप्न नहीं देखता और स्वप्न में नगर को छोड़कर किसी निकुंज में या पहाड़ की चोटी पर नहीं चला जाता?

काश, मैं तुम्हारे घरों को अनाज के बीज की तरह अपनी मुट्ठियों में बटोरकर उन्हें जंगलों और चरागाहों में छितरा सकता!

काश, ये घटियां तुम्हारी सड़कें होतीं और हरी पगडंडियां तुम्हारी गलियां, तब तुम्हें एक-दूसरे तक पहुंचने के लिए अंगूर के बग़ीचों से होकर जाना पड़ता और जब तुम घर लौटते, तब तुम्हारे वस्त्रों में मिट्टी की सौंधी गन्ध हुआ करती!

किन्तु अभी ऐसा हो नहीं सकता।

भय के वशीभूत होकर तुम्हारे पूर्वजों ने तुम्हें एक-दूसरे के बेहद क़रीब समेटकर बसा दिया था। वह भय अभी और कुछ दिन विद्यमान रहेगा। कुछ दिन तुम्हारे नगर की दीवारें तुम्हारे अलाव और तुम्हारे खेतों के बीच व्यवधान बनकर खड़ी रहेंगी।

मुझे बतलाओ आर्फलीज के निवासियो! इन घरों में तुमने क्या सहेज रखा है? तुम दरवाज़े बन्द करके जिसकी रक्षा करते हो, वह क्या है?

क्या तुम्हारे पास मन की शान्ति है? वह मौन आकांक्षा, जो तुम्हारी शक्ति की प्रकाशक है।

क्या तुम्हारे पास मधुर स्मृतियां हैं, वे झिलमिलाते हुए कंगूरे, जो तुम्हारे मन के शिखरों के आर-पार फैले हुए हों?

क्या तुम्हारे पास सौन्दर्य है, जो हृदय को लकड़ी और पत्थर से बनी वस्तुओं की तरफ़ से मोड़कर पवित्र पर्वत की ओर ले जाए?

मुझे बतलाओ, क्या तुम्हारे घर में यह सम्पदा है?

या तुम्हारे पास केवल इन्द्रिय सुख है और उस सुख की वासना?

वह चोर, जो तुम्हारे घर में मेहमान बनकर प्रवेश करता है और फिर मेज़बान और अन्त में मालिक बन बैठता है।

हां वही चोर फिर बाजीगर बन जाता है और अपने अंकुश और चाबुक का भय दिखाकर तुम्हारी उच्चतर कामनाओं को कठपुतली की तरह नचाता है।

उसके हाथ रेशम के बने हैं। पर दिल फौलाद का।

वह इसलिए तुम्हें थपकी देकर सुला देता है कि बाद में तुम्हारे सिरहाने खड़ा होकर तुम्हारी इस लज्जाजनक स्थिति के लिए तुम्हारे शरीर की गरिमा की हंसी उड़ा सके।

वह तुम्हारे संयम का उपहास करता हुआ तुम्हारी वासनाओं को, जो ठोकर लगते ही दूर जाने वाले पात्रों के समान है, कांटेदार झाड़ियों में फेंक दिया करता है।

सचमुच, इन्द्रिय सुख का मोह पहले तो तुम्हारी आत्मा के भावावेश की हत्या कर देता है और बाद में निर्लज्जतापूर्वक हंसता हुआ उसी की शवयात्रा में शामिल हो जाया करता है।

किन्तु तुम, हे, आकाश की सन्तानो! जो शान्ति में भी अशान्त रहते हो, तुम न जाल में फंसोगे और न पालतू बनोगे।

तुम्हारा घर तुम्हारी नौका का लंगर नहीं, मस्तूल होगा।

वह घाव को ढकनेवाली चमकीली झिल्ली नहीं होगा, आंखों की रक्षा करने वाली पलक होगा।

उस घर के दरवाज़ों में प्रवेश करते हुए तुम फंस जाने के डर से अपने पंख नहीं समेटोगे, न छत से टकरा जाने के भय से अपना सिर झुकाओगे, न सांस लेते डरोगे कि कहीं उसकी दीवारें दरककर गिर न जाएं।

तुम उन मकबरों में निवास नहीं करोगे, जिन्हें मृतकों ने जीवितों के लिए बनाया हो।

तुम्हारे उस घर की भव्यता और जगमगाहट तुम्हारे किसी रहस्य की रक्षा नहीं करेगी न तुम्हारी वासनाओं को आश्रय देगी।

क्योंकि तुम्हारे अन्तर में जो उन्मुक्त आत्मा है, वह गगन-मंडल के राजमहल में निवास करती है, सुबह का कुहासा। जिस राजमहल का द्वार है और रात्रि के गीत और सन्नाटे जिसके झरोखे।

वस्त्र

तब एक जुलाहा बोल पड़ा : हमें वस्त्रों के सम्बन्ध में कुछ समझाओ।

उसने उत्तर दिया :

तुम्हारे वस्त्र तुम्हारी सुन्दरता के काफ़ी अंश को ढंक देते हैं, किन्तु असुन्दरता को नहीं छिपाते।

वस्त्रों में लिपटकर तुम यद्यपि परदेदारी की स्वतन्त्रता पाना चाहते हो, किन्तु तुम्हें उनसे कोई लगाम या ज़ंजीर ही मिल पाएगी।

काश, तुम सूर्य और पवन से अपनी त्वचा का अधिक और वस्त्रों का कम हिस्सा लेकर मिल सकते!

क्योंकि सूर्य की किरणें ज़िन्दगी की सांसें हैं और पवन के झकोरे ज़िन्दगी के हाथ।

तुममें से कुछ लोग कहते हैं : 'उत्तरी पवन ने ही तो बुने हैं ये वस्त्र, जिन्हें हमने पहन रखा है।'

और मैं कहता हूं : 'हां, उत्तरी पवन ने ही तो!'

किन्तु इन्हें बुनते समय उसके हाथों में था अपमान का करघा और पौरुषहीन भुजाओं का ताना-बाना।

जब उसका काम पूरा हो गया, तो उस वन-प्रान्तर में वह ठठाकर हंस पड़ा था।

मत भूलो कि शील तो संस्कारहीन लोगों की गन्दी निगाहों से बचने के लिए एक ढाल है।

जब संस्कारहीन लोग समाप्त हो चुके होंगे, तब वही शील क्या चेतना की हथकड़ी और उसकी सड़ान्ध के भिन्न कुछ होगा?

और मत भूलो कि धरती तुम्हारे नंगे पैरों का स्पर्श पाकर धन्य होती है और हवाएं तुम्हारे बालों से खेलने के लिए मचला करती हैं।

क्रय-विक्रय

एक सौदागर ने पूछा : क्रय-विक्रय कैसे किया जाए?

उसने उत्तर देते हुए कहा :

धरती तुम्हें अपनी सम्पदा के फल समर्पित किया करती है और यदि तुम्हें उनसे अपनी अंजलि को भर लेना आता हो, तो तुम्हारे जीवन में कोई अभाव नहीं रह सकता।

धरती के उपहारों का विनिमय करने से ही तुम्हारे जीवन में समृद्धि आएगी और तुम सन्तुष्ट रह सकोगे।

तथापि यदि इस विनिमय का आधार प्रेम और न्याय की सहृदयता नहीं है, तो इसकी निश्चित परिणति कुछ की लालच और बहुतों की भूख के रूप में होगी।

ओ, समुद्र के, खेतों के, अंगूर के बग़ीचों के मेहनतकशो! जब तुम हाट-बाज़ार में जुलाहों, कुम्हारों और मिर्च-मसाले के संग्रहकर्ताओं से मिलो, तब धरती की अधिष्ठात्री देवी का आह्वान करो कि वह तुम्हारे बीच विराजमान रहे।

और तुम्हारे तराज़ुओं पर उसका वरदहस्त रहे और उसकी आंखें इस बात की साक्षी रहें कि उसके सामने मूल्यों को मूल्यों से ही तौला जा रहा है।

और इस विनिमय में बंजर हाथों वाले उन सौदागरों को बर्दाश्त मत करना जो तुम्हारे श्रम के बदले अपने कोरे शब्दों को बेचना चाहेंगे।

ऐसे सौदागरों से कह देना :

'हमारे साथ हमारे खेतों की ओर चलो या समुद्र की ओर जाओ हमारे भाइयों के साथ, और वहां अपना जाल फेंको।

'क्योंकि धरती और समुद्र का अक्षय भंडार जितना हमारे लिए खुला है, उतना तुम्हारे लिए भी।'

यदि वहां गायक, नर्तक और वंशी-वादक आएं, तो उनके उपहारों को भी ख़रीदना ।

क्योंकि वे भी फलों के और लोबान के संग्रहकर्ता हैं और इस बाज़ार में वे भले ही स्वप्नों से संवारे गए पदार्थ लाए हों, किन्तु वही पदार्थ तुम्हारी आत्मा के अन्न और वस्त्र हैं।

इस हाट-बाज़ार से प्रस्थान करने से पहले ध्यान से देख लेना कि कोई भी जन यहां से ख़ाली हाथ न लौटने पाए।

क्योंकि धरती की अधिष्ठात्री देवी पवन की सेज पर चैन से सो नहीं पाएगी, जब तक उस अन्तिम जन की भी सन्तुष्टि न हो जाए, जो हीनतम है तुम्हारे बीच।

न्याय

तब नगर के न्यायाधीशों में से एक सामने आया और उसने अपराध और दंड के विषय में जिज्ञासा की।

उसने उत्तर देते हुए कहा :

जब तुम्हारी आत्मा तुम्हारा साथ छोड़कर अन्यत्र विचरण कर रही होती है, तब तुम अकेले और उसके संरक्षण से वंचित होने पर दूसरों के प्रति और इसीलिए स्वयं अपने प्रति भी कोई ग़लत काम कर बैठते हो।

किन्तु उस ग़लती के कारण क्या यह उचित है कि तुम्हें भाग्यवानों का द्वार खटखटाना पड़े और उसके बाद एक पल के लिए भी सुनवाई की प्रतीक्षा करनी पड़े?

सागर के जैसा है आत्म-ब्रह्म तुम्हारा।

वह सदा निर्मल रहता है।

वह उस आकाश के जैसा है, जो हर उड़ान को उठा लेता है। सूर्य के जैसा भी है आत्म-ब्रह्म तुम्हारा।

वह छछून्दर के आने-जाने का रास्ता नहीं जानता और न सांप के बिलों की तलाश है उसे।

किन्तु तुम्हारे अन्तर में वह आत्म-ब्रह्म अकेला नहीं बसता है। तुममें बहुत कुछ अभी तक मनुष्य ही है और बहुत कुछ ऐसा, जो मनुष्य भी नहीं।

बल्कि एक अनगढ़ बौना है, जो धुंधलकों के बीच नींद में चलता हुआ स्वयं अपने ही जागरण की तलाश में भटकता है।

अब मैं तुम्हारे भीतर के मनुष्य के विषय में कहूंगा।

क्योंकि वही मनुष्य अपराध करना और दंड देना जानता है, तुम्हारा आत्म-ब्रह्म और धुंधलकों में भटकने वाला बौना नहीं।

अकसर मैंने तुम्हें इस तरह से किसी अपराधी की चर्चा करते सुना है, मानो वह तुममें से एक मनुष्य न होकर कोई अजनबी हो, जो अकारण तुम्हारे संसार में दख़ल देने चला आया हो।

किन्तु मैं कहता हूं कि जिस तरह धर्मात्मा और सदाचारी लोग उस उच्चतम से अधिक ऊपर नहीं उठ सकते, जो तुम सबमें विद्यमान है।

उसी तरह नीच और कमज़ोर लोग भी उस निम्नतम से अधिक नीचे नहीं गिर सकते, जो तुम सबमें विद्यमान है।

जैसे पूरे वृक्ष की मौन जानकारी के बिना उसका एक भी पत्ता पीला नहीं पड़ सकता, उसी तरह तुम लोगों की अदृश्य सहमति के बिना कोई भी मनुष्य ग़लत काम नहीं कर सकता।

एक शोभा-यात्रा के रूप में तुम सब साथ चलते हो, अपने-अपने आत्म-ब्रह्म की ओर।

तुम्हीं पथ हो और तुम्हीं पथिक।

यदि रास्ते में पड़े पत्थर से ठोकर खाकर तुममें से कोई गिर पड़ता है, तो वह अपने पीछे आने वालों को सावधान करने के लिए गिरता है।

हां, और वह उनकी असावधानी के कारण गिरता है, जो उससे आगे थे, जो ज़्यादा तेज़ रफ़्तार और ज़्यादा सधे हुए क़दमों से चल रहे थे, फिर भी जिन्होंने उस पत्थर को रास्ते से नहीं हटाया।

और यह भी कहूंगा, यद्यपि मेरे शब्द तुम्हारे हृदय में खेद उत्पन्न करेंगे :

कि जिसकी हत्या हुई है, वह अपनी हत्या होने की ज़िम्मेदारी से मुक्त नहीं है।

जिसे लूटा गया है, वह अपने लुट जाने की दुर्घटना में निर्दोष नहीं है।

जो धर्मात्मा है, वह पापियों के कर्मों में निष्पाप नहीं है।

यह कि किसी के उजले हाथ नृशंस के अत्याचारों में बेदाग़ नहीं हैं।

हां, जो अभियुक्त है, वह अकसर फरियादी के द्वारा सताया जा चुका होता है।

यह भी कि जो दोषी है, उसे अकसर उनके पाप का भार ढोना पड़ता है, जिन्हें निरपराध और निर्दोष समझा गया है।

तुम न्यायशील को अन्यायी से और सदाचारी को दुराचारी से पृथक नहीं कर सकते।

क्योंकि ये दोनों सूर्य के समक्ष एक साथ खड़े होते हैं, एक ही वस्त्र में बुने गए सफ़ेद और काले सूतों की तरह।

कपड़ा बुनते समय यदि काला सूत टूट जाए, तो जुलाहा उस पूरे थान का निरीक्षण करता है, यही नहीं, वह अपने करघे को भी ठोक-बजाकर उसका परीक्षण करता है।

यदि तुममें से कोई व्यक्ति व्यभिचारिणी पत्नी पर दोष लगाए, तो उसे चाहिए कि वह उसके पति को उसी तुला पर रखे और उसकी आत्मा को उसी पैमाने पर नापे।

मुजरिम को कोड़े मारने वाला व्यक्ति ऐसा करने से पहले एक बार आरोप लगाने वाले की आत्मा में भी अवश्य झांके।

यदि तुममें से कोई धर्माचरण के नाम पर किसी को दंडित करना चाहता है, तो वह पाप के वृक्ष पर कुल्हाड़ी चलाने से पहले उसकी जड़ों की तरफ़ अवश्य देख ले।

निश्चय ही वह देखेगा कि पाप और पुण्य की जड़ें, सुफलता और निष्फलता की जड़ें, पृथ्वी के मौन हृदय के भीतर एक-दूसरे से गुंथी हुई पड़ी हैं।

तुमसे सवाल करता हूं न्यायाधीशो, क्योंकि तुम्हें न्यायशील होना चाहिए

कि उस व्यक्ति को तुम किस रूप में दोषी ठहराओगे, जो शरीर से ईमानदार होते हुए भी मन से चोर है?

कि तुम उसको कौन-सा दंड दोगे, जिसका शरीर तो हत्यारा है, किन्तु जिसकी आत्मा स्वयं ही हत्या का शिकार हुई है?

और उस पर कैसे मुक़दमा चलाओगे, जो कर्म से धोखेबाज़ और उत्पीड़क है, किन्तु मन में उत्पीड़ित और अपमानित भी है?

तुम उन्हें कैसे दंड दे सकते हो, जिनके पश्चात्ताप की यात्रा उनके अपराध से अधिक हो चुकी है?

क्या पश्चात्ताप उसी क़ानून के द्वारा किया गया न्याय नहीं है, जिसकी सेवा करने के लिए तुम प्रतिबद्ध हो?

फिर भी तुम निर्दोष व्यक्ति को पश्चात्ताप के लिए बाध्य नहीं कर सकते और न ही किसी दोषी व्यक्ति के हृदय पर से उसके बोझ को उठा सकते हो।

वह पश्चात्ताप रात में बिन बुलाए आकर पुकारेगा कि लोग अपनी नींद से जागें और ध्यानपूर्वक आत्म-निरीक्षण करें।

तुम, जिन्हें न्याय की समझ होनी चाहिए, तुम उसे कैसे समझोगे, जब तक तुम समस्त कर्मों को खुली रोशनी में नहीं देख लेते?

सिर्फ़ तभी तुम्हें यह ज्ञान होगा कि जो खड़ा है और जो गिर पड़ा, वह एक ही मनुष्य है, भटकते हुए बौने की रात और आत्म-ब्रह्म के दिन के बीच की गोधूलि वेला में खड़ा हुआ मनुष्य।

और यह कि मन्दिर का प्रमुख पत्थर उसी मन्दिर की नींव में गड़े हुए पत्थर से श्रेष्ठतर नहीं है।

क़ानून

तब एक वकील ने प्रश्न किया : ऐसे में हमारे क़ानूनों की क्या स्थिति होगी, प्रभु?

उसने उत्तर दिया :

तुम्हें क़ानून बनाने में मज़ा आता है।

किन्तु क़ानून को तोड़ने में उससे भी ज़्यादा मज़ा आता है।

वैसे ही, जैसे समुद्र-तट पर खेलते हुए बच्चे बड़ी लगन से बालू की मीनारें खड़ी करते हैं और फिर उन्हें तोड़कर भी खिलखिलाते हैं।

किन्तु जब तक तुम अपनी बालू की मीनारें खड़ी कर सको, तब तक समुद्र और भी बहुतेरी बालू अपने तट पर जमा कर चुका होता है और जब तुम अपनी मीनारें तोड़ते हो, तो समुद्र भी तुम्हारी खिलखिलाहट में शामिल हो जाता है।

वस्तुतः समुद्र हमेशा भोले प्राणियों की खिलखिलाहट में शामिल हुआ करता है।

किन्तु उनका क्या करोगे, जो जीवन को समुद्र नहीं समझते और न मानव-निर्मित क़ानूनों को बालू की मीनारें ?

जिनके लिए जीवन एक ठोस चट्टान है और क़ानून एक ऐसी छेनी, जिसके द्वारा वे उस चट्टान को मनुष्य जैसी आकृति में तराश लेना चाहते हैं?

उस अपाहिज का क्या करोगे, जो नर्तकों से घृणा करता है?

उस बैल का क्या करोगे, जो अपने जुए को ही प्यार करता है और जिसकी नज़र में बारहसिंगे और हिरन भटके हुए और आवारा पशु हैं?

उस बूढ़े सांप का क्या करोगे, जो केवल इसलिए दूसरों को नंगा और बेशर्म घोषित करता है, क्योंकि वह ख़ुद अपनी केंचुली उतार पाने में असमर्थ है?

उस व्यक्ति का क्या करोगे, जो विवाह के भोज में समय से पहले पहुंच जाता है और ठूंस-ठूंसकर खा चुकने तथा थक जाने के बाद जब घर जाने लगता है, तो यह फतवा दे जाता है कि सारे भोज ग़ैर-क़ानूनी हैं और भोज में सम्मिलित लोग क़ानून तोड़ रहे हैं?

मैं ऐसे लोगों के विषय में इसके सिवा और क्या कह सकता हूं कि ये भी धूप में खड़े तो होते हैं, किन्तु सूर्य की तरफ़ पीठ करके।

ये सिर्फ़ अपनी परछाइयों को देखते हैं और इनकी परछाइयां ही इनका क़ानून हैं।

इनके हिसाब से सूर्य परछाइयां पैदा करने के सिवा और करता भी क्या है?

क़ानून को स्वीकार करने का अर्थ झुककर ज़मीन पर पड़ती उनकी परछाइयों के अक्स उतारने के सिवा और क्या है?

किन्तु तुम, जो सूर्य की तरफ़ मुख करके चलते हो, तुम्हें ज़मीन पर खिंची हुई कौन-सी आकृतियां रोक सकती हैं?

तुम, जो पवन के सहयात्री हो, तुम्हें कौन-से पवन-सूचक रास्ता दिखा सकेंगे?

मनुष्य का कौन-सा क़ानून तुम्हें रोक सकता है, यदि तुम अपनी हथकड़ियां उस क़ैदख़ाने के दरवाज़े पर तोड़ते हो, जिसमें कोई भी क़ैद नहीं है?

तुम कौन-से क़ानून से डरोगे, यदि तुम नाचते हो और तुम्हें किसी की बेड़ियों से टकराना नहीं पड़ता?

कौन है, जो तुम पर अभियोग लगाएगा, यदि तुम अपने वस्त्रों को उतार डालो, किन्तु उन्हें किसी की राह में न फेंको?

ओ, आर्फलीज के निवासियो! तुम कपड़ा लपेटकर नगाड़ों की आवाज़ को दबा सकते हो, तुम वीणा के तारों को भी ढीला कर सकते हो, किन्तु वह कौन है, जिसके आदेश पर पपीहे की पुकार को बन्द किया जा सके?

मुक्ति

तब एक वक्ता ने कहा : हमें मुक्ति का अभिप्राय समझाओ।

उसने उत्तर दिया :

मैंने तुम्हें नगर के प्रवेश द्वारा पर और अपने-अपने घरों में साष्टांग प्रणाम करते हुए अपनी मुक्ति की उपासना में लीन देखा है।

उसी तरह, जैसे कोई दास अपने निर्मम स्वामी के सामने दीनता दिखाता हुआ उसका गुणगान करता है, यद्यपि उसका स्वामी जब चाहे उसका वध कर सकता है।

हां, मैंने मन्दिर के निकुंज और क़िले की छाया में तुममें से सर्वाधिक मुक्त लोगों को कन्धों पर जुए और हाथों में हथकड़ी की तरह अपनी मुक्ति को धारण किए हुए देखा है।

मेरा हृदय ख़ून के आंसू रो पड़ा है, क्योंकि तुम केवल तभी मुक्त हो सकते हो, जब मुक्ति की इच्छा भी तुम्हारे लिए बन्धन बन जाए और जब तुम मुक्ति को एक लक्ष्य, एक पुरुषार्थ भी कहना बन्द कर दो।

तुम्हारे दिनों पर किसी चिन्ता का भार न हो और तुम्हारी रातों पर किसी अभाव या पीड़ा को, तब तुम निश्चय ही मुक्त हो जाओगे,

किन्तु तुम्हारी वास्तविक मुक्ति वह कहलाएगी, जब ये बाधाएं तुम्हारे जीवन को घेरे रहें और इसके बावजूद तुम इनसे ऊपर उठ जाओ, नग्न और निर्बाध।

तुम अपने दिनों और अपनी रातों की बाधा से ऊपर उठ भी कैसे सकोगे, जब तक तुम उन श्रृंखलाओं को न काट फेंको, जिनसे तुमने अपनी चेतना के प्रभाव में अपनी दुपहरों को लपेटकर बांध दिया था।

सच पूछो तो इनमें से सबसे मज़बूत श्रृंखला वही है, जिसे तुम मुक्ति कहते हो, यद्यपि उसकी कड़ियां धूप में झिलमिलाकर तुम्हारी आंखों को चकाचौंध कर देती हैं।

मुक्त होने के लिए तुम्हें जिन चीज़ों को त्याग देना चाहिए, वे तुम्हारे अपने ही व्यक्तित्व के अंगों के सिवा और हैं भी क्या?

यदि तुम किसी अन्यायपूर्ण क़ानून को समाप्त करना चाहते हो, तो वह क़ानून किसी समय तुमने अपने ही हाथों से अपने ही मस्तक पर लिखा था।

तुम क़ानून की किताबें जलाकर उसे नहीं मिटा सकते, न अपने न्यायाधीशों के मस्तकों को धोकर, भले ही तुम उनके ऊपर पूरा समुद्र ही उड़ेल दो।

यदि तुम किसी अत्याचारी शासक को उसके सिंहासन से उतारना चाहते हो, तो पहले यह देख लो कि उसका जो सिंहासन तुम्हारे मन में स्थापित है, वह नष्ट हो गया है या नहीं।

क्योंकि कोई भी अत्याचारी शासक स्वतन्त्र और स्वाभिमानी जनता पर

उसी की मुक्ति में निहित अत्याचार और उसी के स्वाभिमान में निहित अपमान के बिना कैसे शासन कर सकता है?

यदि तुम किसी दायित्व से छुटकारा पाना चाहते हो, तो वह तुम पर ज़बर्दस्ती नहीं लादा गया है, तुमने उसे स्वयं ही चुना है।

यदि वह कोई भय है, जिसे तुम दूर भगाना चाहते हो, तो उस भय का आधार तुम्हारे हृदय में है, उसके हाथों में नहीं, जिससे तुम भयभीत हो ।

वस्तुतः ये सभी चीज़ें तुम्हारी चेतना में निरन्तर आधे आलिंगन में बंधकर घूमती हुई नज़र आती हैं, जो वांछित है और जो भयानक है, जो बीभत्स है और जो अभीप्सित है, तुम जिसके पीछे भागते हो और तुम जिससे अपना पिंड छुड़ाना चाहते हो।

ये सब चीज़ें तुम्हारे भीतर प्रकाश और छाया के जोड़ों की तरह नाचती रहती हैं।

जब छाया धुंधली पड़ते-पड़ते लुप्त हो जाती है, तो बच रहा प्रकाश किसी दूसरे प्रकाश की छाया बन जाता है।

इस प्रकार, जब तुम्हारी मुक्ति की बेड़ियां टूट जाती हैं, तब वही मुक्ति किसी अपने से बड़ी मुक्ति की बेड़ी बन जाती है।

प्रज्ञा और भावावेश

और तब पुजारिन ने पुनः जिज्ञासा की : हमें समझाओ कि प्रज्ञा और भावावेश क्या है।

उसने उत्तर देते हुए कहा :

तुम्हारी आत्मा अकसर एक युद्ध-भूमि बन जाती है, जहां तुम्हारी प्रज्ञा और तुम्हारा विवेक तुम्हारे भावावेश और तुम्हारी कामनाओं के साथ युद्ध करने लगते हैं।

काश, मैं तुम्हारी आत्मा में शान्ति का संस्थापक बन पाता और तुम्हारे तत्त्वों के मनमुटावों और उनकी शत्रुताओं को एकसूत्रता और संगीत की लय-बद्धता में बदल पाता!

किन्तु मैं ऐसा कैसे कर पाऊंगा, जब तक तुम लोग स्वयं भी अपनी शान्ति के संस्थापक, नहीं, अपने सारे तत्त्वों के अनुरागी न बन जाओ?

तुम्हारी प्रज्ञा और तुम्हारा भावावेश तुम्हारी समुद्र-यात्री आत्मा के पतवार और पाल हैं।

यदि तुम्हारे पतवार और पाल में से एक भी चीज़ टूट जाए, तो तुम निश्चय

ही डगमगाओगे, जहां-तहां बहोगे और कुछ नहीं तो मंझधार में फंसकर गतिहीन हो जाओगे।

क्योंकि प्रज्ञा यदि अकेले ही मन पर शासन करने लगे, तो वह गत्यवरोध उत्पन्न करने लगती है और खुली छूट पाकर भावावेश एक ऐसी ज्वाला बन जाता है, जो स्वयं को नष्ट करने के लिए ही जलता है।

अतः कोशिश करो कि तुम्हारी आत्मा तुम्हारी प्रज्ञा को भावावेश की उस ऊंचाई पर पहुंचा दे कि वह संगीतमय हो जाए।

और भावावेश को प्रज्ञा द्वारा ऐसे नियन्त्रित करे कि वह नित्य अपनी क़ब्र से बाहर आने की प्रक्रिया को जिए और फीनिक्स की तरह अपनी ही भस्म से नया जीवन लेकर ऊपर उठे।

मैं चाहूंगा कि तुम अपने विवेक और अपनी कामनाओं को अपने घर आए दो अतिथियों की तरह जानो।

निश्चय ही, तुम एक अतिथि को दूसरे से ज्यादा सम्मान नहीं दोगे, क्योंकि जो एक ही अतिथि का विशेष सत्कार करता है, वह दोनों अतिथियों के प्रेम और विश्वास को गंवा देता है।

पहाड़ों पर तुम सफेद चिनार की शीतल छाया में बैठे सुदूर खेतों की शान्ति और परितृप्ति को उन्हीं की तरह महसूस करने लगते हो, तब अपने हृदय के मौन को कहने दो, 'ईश्वर प्रज्ञा में विश्रान्ति पा रहा है।'

जब तूफ़ान आए, प्रबल प्रभंजन सारे वन-प्रान्तर को झकझोर दे और बादल का गरजना और बिजली का चमकना आकाश की महिमा का जयघोष कर रहा हो, तब अपने हृदय को विस्मय से कहने दो, 'ईश्वर भावावेश में गतिमान हो रहा है।'

क्योंकि तुम ईश्वर के आकाश की एक अकेली श्वास हो और ईश्वर के वन की एक अकेली पत्ती हो, इसलिए तुम्हें भी प्रज्ञा में विक्रान्ति और भावावेश में गतिशीलता को महसूस करना चाहिए।

पीड़ा

तब एक स्त्री ने कहा : हमें पीड़ा का अर्थ समझाओ।

उसने कहा :

पीड़ा उस खोल का टूटना है, जो तुम्हारी समझ को घेरे रहता है।

जैसे फल के कठोर बीज को फूटना ही पड़ता है, ताकि उसका हृदय सूर्य के समक्ष प्रकट हो सके, वैसे ही पीड़ा को भी जानो।

यदि तुम अपने हृदय को दैनन्दिन घटित होने वाले चमत्कारों पर विस्मित रख सको, तो तुम्हें अपनी पीड़ा अपने आनन्द से कम विस्मयकारी नहीं लगेगी।

तुम अपने हृदय की ऋतुओं को उसी सहजता से स्वीकार कर सकोगे जैसे अपने खेतों पर आती-जाती ऋतुओं को हमेशा स्वीकार करते आए हो।

तब तुम शान्त मन से अपने शोक की शीत ऋतुओं को आदि से अन्त तक निहार सकोगे।

अपनी पीड़ा के काफ़ी अंश को तुम स्वयं ही चुनते हो।

पीड़ा वह कड़वी औषधि है, जिससे तुम्हारे अन्तर्मन का वैद्य तुम्हारी बीमार आत्मा के कष्ट मिटाता है।

अतः अपने वैद्य पर भरोसा रखो और उसकी औषधि को मौन रहकर शान्त भाव से पी जाओ।

क्योंकि तुमको भले ही उसका हाथ भारी और कठोर लगता हो, किन्तु वह अदृष्ट के अति सुकुमार हाथों द्वारा निर्दिष्ट होता है।

वह भले ही तुम्हारे होंठों को जला देता हो, किन्तु उसका प्याला उस मिट्टी से बना है, जिसे अदृष्ट कुम्हार ने अपने पावन आंसुओं से भिगोया है।

आत्म-ज्ञान

तब एक पुरुष ने आग्रह किया : हमसे आत्म-ज्ञान के विषय में कुछ कहो।

उसने कहा :

तुम्हारे हृदय का मौन तुम्हारे दिनों और तुम्हारी रातों के रहस्य का ज्ञाता है।

किन्तु तुम्हारे कान तुम्हारे हृदय के इस ज्ञान की आवाज़ को सुनने के लिए प्यासे रहते हैं।

जो कुछ तुमने हमेशा से अपने विचारों में जाना है, उसे तुम शब्दों में भी जानना चाहते हो।

तुम अपने स्वप्नों की नग्न काया को अपनी उंगलियों से छू लेना चाहते हो।

और अच्छा होगा कि तुम ऐसा ही करो।

तुम्हारी आत्मा का अदृश्य जल-स्रोत जाग पड़े और कल-कल ध्वनि करता हुआ समुद्र की ओर बह चले।

और तुम्हारी गहराइयों में छिपे हुए ख़ज़ाने तुम्हारी आंखों के सामने प्रत्यक्ष हो जाएं।

किन्तु इन अनजान ख़ज़ानों को तौलने के लिए कोई तराजू नहीं होना चाहिए।

न ज्ञान की गहराइयों को आंकने के लिए कोई माप-दंड।

क्योंकि आत्म-तत्त्व एक समुद्र है, असीम और अगाध।

यह मत कहो कि 'मैंने सत्य को पा लिया है।' तुम्हें कहना चाहिए कि 'मैंने एक सत्य को पा लिया है।'

यह मत कहो कि 'मुझे आत्मा का मार्ग मिल गया है।' तुम्हें कहना चाहिए कि 'अपनी आत्मा से मेरी भेंट उस समय हो गई, जब वह मेरे मार्ग पर विचरण कर रही थी।'

क्योंकि आत्मा तो सभी मार्गों पर विचरण किया करती है।

आत्मा एक सरल रेखा में नहीं चलती और न बेंत की तरह सीधी बढ़ती है।

वह सहस्रदल कमल की तरह स्वयं को प्रस्फुटित करती है।

शिक्षा

तब एक शिक्षक ने कहा। हमें शिक्षा के विषय में कुछ बतलाओ।

उसने कहा :

कोई भी व्यक्ति तुम्हारे सामने केवल उसी को उद्घाटित कर सकता है, जो तुम्हारे अन्तर में ज्ञान की पौ फटने से पहले आधी नींद में पड़ा अलसा रहा है।

मन्दिर की छाया में अपने शिष्यों के मध्य चलता हुआ गुरु उन्हें अपनी बुद्धि नहीं दे सकता। वह सिर्फ़ अपनी आस्था और अपना प्रेम ही बांटता है।

यदि वह सचमुच बुद्धिमान है, तो वह तुमसे अपनी बुद्धि के भवन में प्रवेश करने को नहीं कहेगा। वह तुम्हें तुम्हारे अपने ही मस्तिष्क की दहलीज़ की ओर ले जाएगा।

नक्षत्र-शास्त्र का पंडित यूं तो तुम्हें अपने अन्तरिक्ष-सम्बन्धी ज्ञान का परिचय दे देगा, किन्तु वह तुम्हें अपना ज्ञान नहीं दे सकता।

संगीतज्ञ भी यूं तो समस्त ब्रह्मांड में समाई हुई लय को गाकर सुना देगा, किन्तु वह तुम्हें इस लय को साधने वाले कान अथवा इस संगीत को प्रतिध्वनित करने वाले स्वर नहीं दे सकता।

जो गणित-शास्त्र का पंडित है, वह यूं तो तुम्हें माप और तौल के क्षेत्रों से परिचित करा देगा, किन्तु तुम्हें वहां तक पहुंचा नहीं सकता है।

क्योंकि एक मनुष्य की दृष्टि दूसरे मनुष्य को अपनी क्षमताएं उधार नहीं दे सकती।

जैसे ईश्वर अपने ज्ञान में तुममें से प्रत्येक मनुष्य को पृथक और अकेले खड़ा देखता है, ठीक उसी प्रकार ईश्वर के ज्ञान और संसार की समझ को प्राप्त करते हुए तुम्हें भी अकेले ही रहना है।

मित्रता

तब एक युवक ने कहा : हमें मित्रता का अर्थ समझाओ।

उसने कहा :

तुम्हारा मित्र तुम्हारी ज़रूरतों का जवाब है।

वह तुम्हारी फ़सल है, जिसे तुम सप्रेम बोते हो और सधन्यवाद काटते हो।

वह तुम्हारे भोजन का थाल और तुम्हारा अपना घर है।

क्योंकि तुम अपनी भूख लेकर उसके पास पहुंचते हो और अपनी विश्रान्ति के लिए उसी को तलाशते हो।

जब तुम्हारा मित्र अपने विचार प्रकट करता है, तब तुम अपने मन में उठते 'ना' से नहीं डरते और न तुम अपनी 'हां' को रोकते हो।

जब वह मौन हो जाए, तब भी तुम्हारा हृदय उसके हृदय की वाणी को सुनना बन्द नहीं कर देता।

क्योंकि जहां मित्रता है, वहां शब्दों का प्रयोग किए बिना ही सारे विचार, सारी कामनाएं और सारी आशाएं जन्म लेती हैं और ख़ुशी-ख़ुशी बांट ली जाती हैं, एक-दूसरे की वाह-वाही किए बिना ही।

यदि अपने मित्र से बिछुड़ना पड़े, तो शोक मत करो।

क्योंकि उसकी जिन बातों को तुम सबसे ज़्यादा पसन्द करते थे, वे उसकी अनुपस्थिति में स्पष्टतर हो जाएंगी, जैसे मैदान पर उतर आने के बाद पर्वतारोही के लिए पर्वत स्पष्टतर हो जाता है।

प्रीति की प्रगाढ़ता को बढ़ाने के अतिरिक्त अपनी मित्रता का और कोई उद्देश्य मत रहने दो।

क्योंकि वह प्रेम, जो अपने हृदय के रहस्यों की अभिव्यक्ति के अलावा कुछ और भी तलाश करता हो, वस्तुतः प्रेम न होकर एक फेंका हुआ जाल है, जिसमें फालतू वस्तुएं ही फंसती हैं।

अपने मित्र के सामने अपना श्रेष्ठतम प्रस्तुत कर दो।

यदि उसे तुम्हारे उतरते ज्वार के विषय में मालूम होना चाहिए, तो उसे अपने चढ़ते हुए ज्वार को भी जान लेने दो।

वह मित्र किस काम का हुआ, जिसे तुम केवल वक़्त काटने के लिए तलाश करो?

उसे हमेशा अपने वक़्त को पूरी तरह जीने के लिए तलाश करो।

क्योंकि मित्रता तुम्हारी ज़रूरत को पूरा करने के लिए है, तुम्हारे ख़ालीपन को भरने के लिए नहीं।

मित्रता की मिठास में अपनी खिलखिलाहटों को शामिल होने दो, अपनी ख़ुशियों को बांटो।

क्योंकि इन्हीं छोटी-छोटी ख़ुशियों के ओस कणों में हृदय को अपना प्रभात मिल जाता है और वह ताज़गी महसूस करने लगता है।

बातचीत

तब एक विद्वान ने आग्रह किया : बातचीत के विषय में कुछ कहो।

उसने उत्तर दिया :

तुम तभी बात करते हो, जब अपने विचारों के साथ शान्ति नहीं रख पाते ।

जब तुम्हारे लिए अपने हृदय के एकाकीपन में जी पाना असम्भव होने लगता है, तब तुम अपने होंठों में जीने लगते हो और तुम्हारे लिए स्वर एक मनोविनोद और वक़्त काटने का साधन बन जाता है।

तुम्हारी अधिकांश बातचीत के दौरान तुम्हारे चिन्तन की आधी हत्या हो जाती है।

क्योंकि विचार खुले आकाश में उड़ने वाला पंछी है, जो शब्दों के पिंजरे में अपने पंख तो अवश्य खोलता है, किन्तु उड़ान नहीं भर सकता।

तुममें से कई लोग एकाकीपन के भय से मुक्त होने के लिए बातून व्यक्ति की तलाश करते हैं।

एकाकीपन का मौन उनकी आंखों को उनके नंगे यथार्थ का दर्शन कराता है, जिससे वे लोग कतराना चाहते हैं।

कुछ ऐसे भी हैं, जो बात करते समय अनजाने में या पहले से सोच-विचार किए बिना किसी ऐसे सत्य का उद्घाटन कर बैठते हैं, जिसे वे स्वयं भी नहीं समझते।

कई ऐसे भी हैं, जो अपने हृदय में सत्य को धारण किए रहते हैं, किन्तु उसे शब्दों में प्रकट नहीं करते।

ऐसे ही लोगों की आत्मा के सुर-ताल युक्त मौन में दिव्यता निवास करती है।

जब कभी रास्ते में या हाट-बाज़ार में तुम्हारा मित्र मिल जाए तो कोशिश करो कि वही दिव्यता तुम्हारे होंठों को हिलाए और तुम्हारी जिह्वा को संचालित करे।

अपनी वाणी के भीतर की वाणी को उसके कान के भीतर वाले कान से बातचीत करने दो।

क्योंकि उसकी आत्मा तुम्हारे हृदय के सत्य को मदिरा के स्वाद की स्मृतियों की तरह संजोएगी, उस मदिरा के रंग को भूल जाने और मदिरा-पात्र के टूट जाने के बाद भी।

काल

एक नक्षत्र-शास्त्री ने पूछा : काले किसे कहते हैं प्रभु?

उसने उत्तर दिया :

तुम उस काल की अवधि को नापना चाहते हो, जो असीम और अनन्त है।

तुम घंटों और ऋतुओं में काल को विभाजित करके उसके अनुसार अपने आचरण को अनुकूलित ही नहीं, अपनी आत्मा की दिशा को भी निर्धारित करना चाहते हो।

तुम काल को एक सरिता के रूप में कल्पित करके उसके तट पर बैठे उसके प्रवाह को देखना चाहते हो।

तथापि तुम्हारी कालातीत आत्मा जीवन के कालातीत स्वरूप का ज्ञान रखती है।

वह जानती है कि बीता हुआ कल तो आज की स्मृति-मात्र है और आने

वाला कल है आज का स्वप्न।

और यह कि तुम्हारे भीतर जो सत्ता गायन और मनन करती है, वह अभी तक उसी प्रथम क्षण की सीमाओं में निवास कर रही है, जिस क्षण ने कभी सारे नक्षत्रों को आकाश में छिटका दिया था।

तुममें से कौन है, जो यह न कहता हो कि उसकी प्रेम करने की क्षमता असीम है?

फिर भी कौन है जो ऐसा न महसूस करता हो कि असीम होते हुए भी वही प्रेम उसके अस्तित्व के दायरों में घिरकर रह गया है। उस प्रेम में प्रेम के संकल्प से प्रेम के संकल्प तक अथवा प्रेम की एक क्रिया से प्रेम की अन्य क्रियाओं तक चलकर पहुंचने की क्षमता नहीं रह गई है?

क्या काल भी प्रेम के समान ही अविभाज्य और गतिहीन नहीं है?

किन्तु तुम्हारे विचार से यदि उस काल को ऋतुओं की अवधि में विभाजित करके नापना ज़रूरी है, तो कोशिश करो कि प्रत्येक ऋतु अन्य सभी ऋतुओं को अपने चक्र में समेट ले।

वर्तमान से कह दो कि वह स्मृति-विभोर होकर अतीत का आलिंगन करे और प्रेमातुर होकर भविष्य का।

भला और बुरा

तब नगर के एक वृद्ध ने पूछा : भला क्या है और बुरा क्या है?

उसने उत्तर दिया :

मैं तुम्हारी अच्छाइयों के विषय में कुछ अवश्य कह सकता हूं, किन्तु बुराइयों के विषय में नहीं कहूंगा।

क्योंकि बुराई उस यातना के सिवा और क्या है, जो सज्जनता की अपनी ही भूख और अपनी ही प्यास उसे दिया करती है?

वस्तुतः भूख से व्याकुल होने पर सज्जनता अंधेरी गुफ़ाओं में भी भोजन की तलाश करती है और प्यास से अधीर होने पर बदबूदार पानी को भी पी जाती है।

तुम भले हो यदि अपनी आत्मा के साथ एकाकार हो जाओ।

किन्तु जब तुम अपनी आत्मा के साथ एकाकार न रह पाओ, तब भी तुम बुरे नहीं हो जाते।

क्योंकि एक विभाजित घर चोरों का अड्डा नहीं होता, वह केवल एक विभाजित घर होता है।

बिना पतवार की नौका दिशाहीन होकर ख़तरनाक द्वीपों में भटकती तो है, किन्तु रसातल में डूब नहीं जाती।

तुम भले हो, यदि तुम आत्म-दान करने की चेष्टा करते हो। किन्तु जब तुम आत्म-हित की चिन्ता करते हो, तब भी बुरे नहीं हो जाते।

क्योंकि जब तुम आत्म-हित की चेष्टा करते हो, उस वक़्त तुम वृक्ष की उस जड़ की तरह होते हो, जो धरती के वक्ष से लिपटकर उसका दूध पीती है।

वृक्ष का फल निश्चय ही उसकी जड़ से यह नहीं कह सकता कि 'मेरे समान पूर्ण और परिपक्व बनो और हमेशा अपनी विपुलता में से दान करती रहो।'

क्योंकि फल के लिए जैसे देना एक ज़रूरत है, उसी तरह जड़ के लिए पाना भी एक ज़रूरत है।

तुम भले हो यदि अपने वचनों में पूरी तरह जागरूक रहो।

किन्तु यदि निद्रावस्था में तुम्हारी जिह्वा अकारण लड़खड़ाने लगे, तो तुम बुरे नहीं हो जाते।

ठोकर खाकर गिरते हुए वचन भी कमज़ोर जिह्वा में धीरे-धीरे ताक़त पैदा कर देते हैं।

तुम भले हो यदि तुम दृढ़ता और साहस के साथ अपने लक्ष्य की ओर क़दम बढ़ा रहे हो।

किन्तु यदि तुम अपने लक्ष्य की ओर लंगड़ाते हुए बढ़ रहे हो, तो तुम बुरे नहीं हो जाते।

क्योंकि लंगड़ाकर चलने वाले भी उलटी दिशा में नहीं चलते।

किन्तु तुम जो शक्तिशाली और फुर्तीले हो, इसे अपनी दयालुता समझकर यह ध्यान रखो कि तुम लंगड़े के सामने लंगड़ाने मत लगो।

तुम असंख्य रूपों में भले हो सकते हो, किन्तु जब तुम भले नहीं हो, उस वक़्त तुम बुरे नहीं हो जाते।

उस वक़्त तुम केवल मटरगश्ती और काहिली कर रहे होते हो।

कितना दुःखद है कि बारहसिंगा अपना फुर्तीलापन कछुओं को नहीं सिखा सकता।

तुम्हारा भला होना अपने महत्तर स्वरूप को पाने की आकांक्षा में निहित है और वह आकांक्षा तुम सभी में है।

किन्तु तुममें से कुछ लोगों में वह आकांक्षा किसी हहराती हुई नदी के समान है, जो पर्वत-प्रदेश के रहस्यों और वन-प्रान्तर के संगीत को धारण किए बड़े ही प्रचंड वेग से समुद्र की दिशा में दौड़ी चली जा रही है।

दूसरों में वह एक उथली जलधारा के समान है, जो समुद्र तट पर पहुंचने से पहले कई कोणों पर विलीन हो जाती है और जहां-तहां घूमती और ठहरती हुई दिखाई देती है।

किन्तु जिसकी आकांक्षा अधिक है, उसे कम आकांक्षा वाले मनुष्य से यह नहीं पूछना चाहिए कि 'तुम धीमी रफ़्तार में और जहां-तहां अटकते हुए क्यों चलते हो?'

क्योंकि जो वास्तव में भले हैं, वे नंगे मनुष्य से यह नहीं पूछते कि 'तुम्हारे वस्त्र कहां गए?' न बेघर मनुष्य से पूछते हैं कि 'तुम्हारे घर पर कौन-सी विपत्ति टूट पड़ी है?'

प्रार्थना

तब एक पुजारिन ने निवेदन किया : हमें प्रार्थना का अर्थ समझाओ।

उसने यह कहते हुए उत्तर दिया :

तुम लोग किसी मुसीबत या ज़रूरत के आ पड़ने पर प्रार्थना करते हो। काश! तुम अपने परम आनन्द के क्षणों और समृद्धि के दिनों में भी प्रार्थना कर सकते !

क्योंकि प्रार्थना सचेतन ब्रह्मांड में तुम्हारे आत्म-विस्तार के अतिरिक्त और क्या है?

और यदि तुम अपने मन के अंधेरों को अनन्त में उड़ेलकर शान्ति पाते हो, तो तुम्हें अपने आनन्द के लिए अपने हृदय के सूर्योदयों को भी वहीं उड़ेल देना चाहिए।

जब तुम्हारी आत्मा प्रार्थना करने के लिए तुम्हारा आह्वान करती है, उस समय यदि तुम रोने के अतिरिक्त और कुछ भी नहीं कर सकते, तो तुम्हारी

आत्मा को चाहिए कि वह तुम्हें उकसाए और तब तक उकसाती रहे, जब तक तुम भले ही रो रहे हो, किन्तु हंसते हुए प्रार्थना करने न चल पड़ो।

जब तुम प्रार्थना करते हो, तब अपने से ऊपर उठकर आकाश में पहुंच जाते हो, जहां तुम्हारा उन सब आत्माओं से मिलन होता है, जो उसी क्षण प्रार्थना कर रही होती हैं और जिनसे मिलने का अवसर तुम प्रार्थना के अतिरिक्त और कभी नहीं पा सकोगे।

अतः प्रार्थना के उस अदृश्य मन्दिर में अपने प्रवेश का लक्ष्य परम आनन्द और मधुर सम्मिलन के अतिरिक्त और कुछ मत रहने दो।

क्योंकि यदि तुम सिर्फ़ कुछ मांगने के इरादे से ही उस मन्दिर में जाते हो, किसी दूसरे इरादे से नहीं, तो तुम्हें कुछ नहीं मिलेगा।

यदि तुम वहां दीन होकर स्वयं को गिराने के इरादे से जाते हो, तो तुम्हें कोई नहीं उठाएगा।

यहां तक कि यदि तुम वहां दूसरों के कल्याण की कामना लेकर भी जाओ, तो तुम्हारी प्रार्थना नहीं सुनी जाएगी।

उस अदृश्य मन्दिर में प्रवेश कर पाना ही काफ़ी होता है।

मैं तुम्हें शब्दों में प्रार्थना करना नहीं सिखा सकता।

ईश्वर तुम्हारे शब्दों को नहीं सुनता, सिवा उन शब्दों के, जिन्हें वह स्वयं तुम्हारे होंठों के माध्यम से प्रकट करता हो।

मैं तुम्हें वह प्रार्थना नहीं सिखा सकता, जो समुद्र और वन और पर्वत किया करते हैं।

किन्तु तुम, जो पर्वतों और वनों-समुद्रों की सन्तान हो, तुम उनकी प्रार्थना को अपने हृदय में महसूस कर सकते हो।

यदि तुम रात्रि की निस्तब्धता में सुनने की चेष्टा करो, तो तुम्हें उन सबकी मौन प्रार्थना के रूप में यही सुनाई देगा।

'हे प्रभु! तू हमारा तेजोमय स्वरूप है, वह तेरा ही संकल्प है, जो हमारी चेतना में संकल्प करता है।

'वह तेरी ही अभिलाषा है, जो अभिलाषा करती है।

'हमारे संसार में वह तेरी ही इच्छा है, जो हमारी रातों को, जो रातें तेरी हैं, दिनों में बदलती है, जो दिन भी तेरे ही हैं।

'हम तुझसे कुछ भी नहीं मांग सकते, क्योंकि तू हमारी आवश्यकताओं को उनके जन्म लेने से पहले ही जान लेता है।

'तू ही हमारी आवश्यकता है और हमें कुछ अधिक अपनत्व देकर ही सब-कुछ दे डालता है।'

सुख

तब वर्ष में केवल एक बार इस नगर की ओर आने वाला एक तपस्वी सामने आया और उसने कहा : हमें सुख के सम्बन्ध में कुछ बतलाओ।

उसने उत्तर देते हुए कहा :

सुख एक मुक्ति-गान है।

किन्तु स्वयं मुक्ति नहीं है।

वह तुम्हारी कामनाओं के फूल खिलाता है।

किन्तु स्वयं उनका फल नहीं है।

वह ऊंचाइयों को सम्बोधित करती एक गहराई है।

किन्तु स्वयं न ऊंचाई है और न गहराई।

वह पिंजरे से छूटे हुए पंछी की उड़ान है।

किन्तु उस उड़ान द्वारा पार किया गया आकाश नहीं है।

हां, यह बिलकुल सच है, सुख एक मुक्ति-गान है।

और मैं चाहूंगा कि तुम इसे पूरा दिल लगाकर गाओ, तथापि इस गीत के पीछे अपना दिल न गंवा दो।

तुममें से कुछ जवान लोग सुखों की तलाश में इस तरह भागते हैं, जैसे वही सब-कुछ हो और इसके कारण कलंकित और निन्दित भी होते हैं।

मैं उन पर कलंक नहीं लगाऊंगा, न उनकी निन्दा करूंगा। मैं उन्हें सुख की तलाश करने दूंगा।

क्योंकि उन्हें प्रसन्नता तो मिलेगी, किन्तु वह अकेली नहीं होगी, प्रसन्नता की सात बहने हैं और उनमें जो सबसे कम सुन्दर है, वह भी प्रसन्नता से अधिक सुन्दर है।

क्या तुमने उस मनुष्य के विषय में नहीं सुना, जो कन्द-मूल उखाड़ने के लिए ज़मीन खोद रहा था और उसे गड़ा हुआ ख़ज़ाना मिल गया?

तुममें से कुछ बूढ़े लोग अपने सुखों को खेद सहित याद करते हैं, जैसे नशे की हालत में किए गए किन्हीं गुनाहों को याद करते हों।

किन्तु खेद मनुष्य के मन को आच्छादित ही करता है, दंडित नहीं करता।

उन्हें अपने सुखों को कृतज्ञ भाव से याद करना चाहिए, जैसे किसी ग्रीष्म ऋतु में काटी गई भरपूर फ़सल को याद करते हों।

किन्तु यदि खेद में ही उन्हें सन्तोष मिलता है, तो उन्हें सन्तोष पाने दो।

यहां ऐसे लोग भी होंगे, जो न तो इतने जवान हैं कि सुखों के पीछे भागते फिरें और न इतने बूढ़े कि उन्हें खेद सहित याद करते रहें।

और वे सुखों के पीछे भागने और बाद में उन्हें खेद सहित याद करने की नौबत आने से पहले ही सुखों का बहिष्कार कर देते हैं, इस डर से कि कहीं उनसे परमात्मा की उपेक्षा या उसके प्रति अपराध न हो जाए।

किन्तु सुखों से विरक्त रहने से भी उनको सुख ही मिलता है।

इस प्रकार वे भी गड़ा हुआ ख़ज़ाना पा जाते हैं, यद्यपि वे कन्द-मूल उखाड़ने के लिए कांपते हाथों से ज़मीन खोद रहे होते हैं।

किन्तु मुझे बतलाओ, कौन है वह जो परमात्मा के प्रति अपराध कर सकता हो?

क्या कोयल से रात्रि की नीरवता के प्रति या जुगनू से आकाश के तारों के प्रति कोई अपराध हो सकता है?

क्या तुम्हारी ज्वाला या तुम्हारा धुआं हवाओं पर बोझ बन सकता है?

क्या तुम सोचते हो कि परमात्मा किसी कुंड का ठहरा हुआ जल है, जिसे तुम एक मामूली-सी लकड़ी से अशान्त कर सको ?

अकसर तुम स्वयं को सुखों से वंचित करके अपने हृदय की दरारों में अतृप्त लालसाएं संचित कर लेते हो।

किन्तु कौन जानता है कि जो आज अवसर न पाने के कारण बहिष्कृत नज़र आता है, वह कल का इन्तज़ार करेगा भी या नहीं?

यहां तक कि स्वयं तुम्हारा शरीर भी अपने उत्तराधिकार और अपनी न्याय-संगत आवश्यकताओं को समझता है, उसे धोखा नहीं दिया जा सकता।

तुम्हारा शरीर तुम्हारी आत्मा की वीणा है।

यह तुम पर निर्भर है कि तुम उसमें से मधुर संगीत उत्पन्न करते हो या बेसुरी आवाज़ों का शोर।

अब तुम अपने दिल से पूछो, 'हम कैसे पहचान पाएंगे कि सुख में क्या है; जो अच्छा है और क्या है, जो अच्छा नहीं है?'

इसका उत्तर पाने के लिए तुम अपने खेतों और बग़ीचों की तरफ़ जाओ और तुम्हें यह ज्ञान प्राप्त हो जाएगा कि फूलों से मधु एकत्र करना मधुमक्खी को सुख देता है।

उधर फूल को भी उतना ही सुख मधुमक्खी को अपना मधु समर्पित करने से प्राप्त होता है।

क्योंकि मधुमक्खी के लिए फूल ही जीवन का अमृत-स्रोत है, फूल के लिए मधुमक्खी प्रेम का मधुर सन्देश लाती है।

फूल तथा मधुमक्खी, दोनों के लिए सुख का आदान-प्रदान एक आवश्यकता, एक आह्लादकारी अनुभव है।

हे, आर्फलीज के निवासियो! अपने सुखों में प्रवृत्त होते समय फूलों और मधुमक्खियों की तरह आचरण करो!

सुन्दरता

तब एक कवि ने कहा : सुन्दरता का वर्णन करो।

उसने उत्तर दिया :

तुम सुन्दरता को कैसे खोजोगे और उसे कैसे पहचानोगे, जब तक वह स्वयं ही तुम्हारे लिए मार्ग और मार्ग-दर्शिका न बन जाए?

तुम उसका वर्णन कैसे करोगे, जब तक वही तुम्हारी वाणी के सूत्रों को न बुने ?

दुखी और पीड़ित लोग कहते हैं, 'सुंदरता कृपालु और कोमल होती है।

'वह अपनी ही महिमा पर आधी लजाती हुई किसी नवयौवना मां की तरह हमारे बीच प्रकट हुआ करती है।'

आवेगशील लोग कहते हैं, 'नहीं, सुन्दरता वह तत्त्व है, जिसमें शक्ति और प्रचंडता होती है।

'वह किसी अंधड़ की तरह हमारे नीचे की धरती और ऊपर के आकाश को झकझोर डालती है।'

थके और क्लान्त लोग कहते हैं, 'सुन्दरता की मर्मर-ध्वनि अत्यन्त सुकोमल होती है। वह हमारी आत्मा में मुखरित होती है।

'उसकी ध्वनि हमारी ख़ामोशियों को समर्पित होती हुई ऐसी लगती है, मानो परछाइयों से भयभीत होकर कोई धुंधली-सी ज्योति-किरण सिहर रही हो।'

किन्तु अशान्त लोग कहते हैं, 'हमने उसे पर्वतों पर चीख़ते हुए सुना है।

'उन चीख़ों में घोड़े की टापों का शोर, पंखों की फड़फड़ाहट और सिंहों की गर्जना सुनाई देती थी।'

रात्रि में नगर के प्रहरी कहते हैं, 'पूर्व दिशा में पौ फटने के साथ सुन्दरता का उदय होगा।'

दुपहर में श्रमिक और पथिक यह कहते हैं कि 'हमने उसे सूर्यास्त के झरोखों से धरती के ऊपर झुके हुए देखा है।'

सर्दियों की बर्फ़ में घिरे हुए लोग कहते हैं, 'वह वसन्त के साथ पहाड़ों पर कुलांचे भरती हुई आएगी।'

गर्मियों की तपती हुई धूप में फ़सल काटते हुए किसान कहते हैं, 'हमने उसे शरद के पत्तों के साथ नाचते हुए देखा है और उस वक़्त रुई के फाहे। जैसी बर्फ़ उसके बालों में चिपकी हुई थी।'

तुम लोग सुन्दरता के विषय में ये सारी बातें कहते रहे हो।

किन्तु वास्तव में तुम उसकी नहीं, अपनी अतृप्त अभिलाषाओं की बातें करते रहो हो।

सुन्दरता एक अभिलाषा नहीं, एक आह्लाद है।

वह प्यासे होंठों की बेचैनी नहीं और न किसी के आगे फैलाया गया ख़ाली हाथ है।

सच पूछो, तो वह एक प्रज्वलित हृदय और एक सम्मोहित आत्मा है।

वह चित्र नहीं है, जिसे तुम देख सको, न गीत है, जिसे तुम सुन सको,

सच पूछो, तो वह एक ऐसा चित्र है, जिसे तुम आंख बन्द करने के बाद भी देख लेते हो और एक ऐसा गीत, जिसे तुम कान बन्द करने के बाद भी सुन लेते हो।

वह वृक्ष की खुरदुरी छाल में दबा हुआ किसलय या पक्षी के डैने में जोड़ा गया पंख नहीं है।

सच पूछो, तो वह एक सदाबहार फुलवारी है और सदैव आकाश में उड़ान भरने वाले फरिश्तों का दल।

हे, आर्फलीज के निवासियो! सुन्दरता ज़िन्दगी का वह रूप है, जब ज़िन्दगी अपने पवित्र चेहरे पर से घूंघट उठा रही हो।

किन्तु तुम्हीं ज़िन्दगी हो और तुम्हीं उसका घूंघट भी हो।

सुन्दरता दर्पण में अपनी ही छवि को अपलक निहारती हुई अनन्त सत्ता है।

किन्तु तुम्हीं अनन्त सत्ता हो और तुम्हीं उसका दर्पण भी हो।

धर्म

तब एक वृद्ध पुजारी ने आग्रह किया : हमें धर्म के विषय में बतलाओ!

उसने कहा :

आज के दिन क्या मैंने किसी अन्य विषय पर बात की है?

क्या हमारे समस्त कर्म और हमारी समस्त धारणाएं ही धर्म नहीं हैं?

वह क्या है, जो न तो कर्म है और न धारणा, वरन एक कौतूहल और एक विस्मय है, जो तुम्हारी आत्मा में निरन्तर स्पन्दित होता रहता है, उन क्षणों में भी, जब तुम्हारे हाथ पत्थर तोड़ रहे हों या करघे को संचालित कर रहे हों?

कौन है, जो अपनी आस्था को अपने कर्मों से और अपने विश्वास को अपने व्यवसायों से पृथक कर सकता हो?

कौन है, जो जीवन के प्रत्येक पल को अपने सामने बिछाकर कह सकता हो, 'इतना ईश्वर का हिस्सा है और इतना मेरा; इतना मेरी आत्मा के हिस्से में है

और उधर का उतना मेरे शरीर के?'

तुम्हारे जीवन के पल आकाश में उड़ते पक्षी के डैनों की तरह स्वयं से स्वयं तक की यात्रा करते हैं।

जो व्यक्ति अपने सदाचरण को केवल अपने सर्वोत्तम वस्त्रों की तरह धारण करता है, वह नग्न ही रहे, तो बेहतर होगा।

तब पवन और सूर्य उसकी त्वचा को फाड़कर उसमें सूराख़ नहीं बना सकेंगे।

जो व्यक्ति अपने आचरण को नैतिकता द्वारा परिभाषित करता है, वह अपने गायन-प्रिय पक्षी को पिंजरे में क़ैद कर डालता है।

मुक्ततम गायन सलाखों और जालियों के पीछे से नहीं फूटता।

जिसके लिए पूजा एक खिड़की है, जो खुलने के अलावा बन्द भी हो सकती है, वह अभी तक अपनी आत्मा के भवन में नहीं गया है, जिसकी खिड़कियां सूर्योदय से लेकर सूर्योदय तक सदा खुली ही रहती हैं।

तुम्हारा दैनिक जीवन तुम्हारा मन्दिर और तुम्हारा धर्म है।

जब भी इसमें प्रवेश करो, अपना सर्वस्व साथ लेकर जाओ।

अपना हल और लोहारख़ाना और हथौड़ी और बांसुरी ले जाओ।

वे सारी वस्तुएं ले जाओ, जिन्हें तुमने अपनी आवश्यकता या अपनी प्रसन्नता के लिए गढ़ा है।

क्योंकि अपनी ध्यानावस्था में तुम न तो अपनी सफलताओं से अधिक ऊपर उठ सकते हो और न ही अपनी असफलताओं से अधिक नीचे गिर सकते हो।

अपने साथ सारे जन-समाज को ले जाओ।

क्योंकि आराधना की अवस्था में तुम अपने-आप को न तो उनकी आशाओं से अधिक ऊपर उठा सकते हो और न उनकी निराशाओं से अधिक नीचे गिरा सकते हो।

यदि तुम ईश्वर को जानना ही चाहते हो, तो पहेलियां बूझने के चक्कर में मत पड़ो।

इससे तो अपने आसपास दृष्टि दौड़ाओ और तुम देखोगे कि वह तुम्हारे बच्चों के साथ खेल रहा है।

आकाश की तरफ़ निहारो, तुम देखोगे कि वह बादलों में चल-फिर रहा है, बिजलियों में अपनी भुजाएं फैला रहा है और वर्षा में धरती पर उतर रहा है।

तुम उसे फूलों में मुस्कुराते हुए देखोगे और अगले ही पल ऊपर उठकर वृक्षों में हाथ हिलाते हुए।

मृत्यु

तब अलमित्रा बोल पड़ी : अब हम आपसे मृत्यु के विषय में पूछेंगे।

उसने कहा :

तुम लोग मृत्यु के रहस्य को जान जाओगे।

किन्तु उसे कैसे देख पाओगे, जब तक तुम उसे जीवन के हृदय में न तलाशो?

रात के अंधेरों से बद्ध होने के कारण जिस उल्लू की आंखें दिन-भर अन्धी रहती हैं, वह प्रकाश के रहस्यों को उद्घाटित नहीं कर सकता।

यदि तुम सचमुच मृत्यु के स्वरूप का दर्शन करना चाहते हो, तो अपने हृदय को इतनी दूर तक खोलो कि वह जीवन के शरीर में व्याप्त हो जाए।

क्योंकि जीवन और मृत्यु अभिन्न हैं, ठीक उसी तरह, जैसे सरिता और सागर अभिन्न होते हैं।

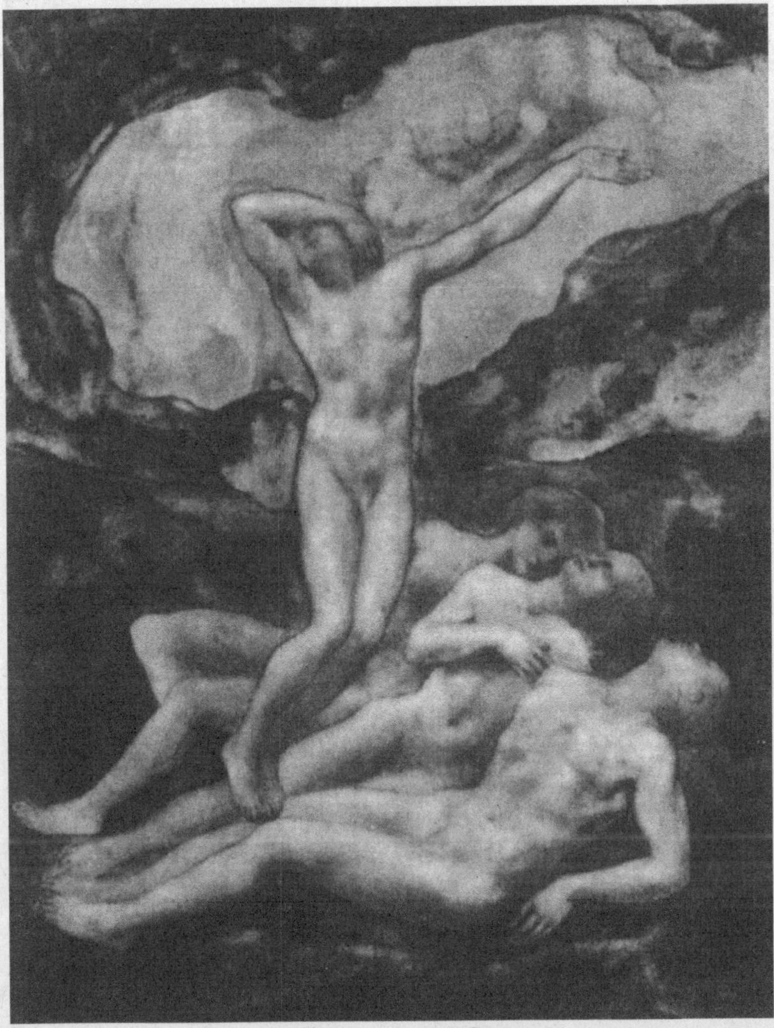

तुम्हारी आशाओं और इच्छाओं की गहराई में परा जगत की मौन चेतना विद्यमान रहती है।

और तुम्हारा हृदय बर्फ़ के नीचे दबे हुए बीज की तरह वसन्त का स्वप्न देखा करता है।

इन स्वप्नों पर आस्था रखो, क्योंकि इन्हीं में अनन्त की ओर खुलने वाला द्वार छिपा है।

तुम्हारा मृत्यु-भय क्या उस गडरिया की याद नहीं दिलाता, जिसका राजा के हाथों अभिनन्दन होने वाला है, तथापि वह राजा के सामने पहुंचते ही भय से कांपने लगता है?

क्या इस कांपने की तह में गडरिया मन-ही-मन प्रसन्न नहीं है कि वह राजकीय चिह्न को धारण करने जा रहा है?

फिर भी क्या वह अपने कांपने को ही अधिक महत्त्व नहीं दे रहा है?

क्योंकि मरना और क्या है, हवा में नग्न खड़े होने और धूप में पिघलने के सिवा?

सांस का रुक जाना भी इसके सिवा और क्या है कि तुम्हारी प्राण-वायु को अशान्त ज्वार-भाटों से मुक्ति मिल जाए, कि वह ऊपर उठे, विस्तार पाए और निर्बाध होकर परमात्मा से जा मिले?

तुम जब मौन की सरिता का जल पीने लगोगे, तभी तुम वास्तव में गा सकोगे। जब तुम पर्वत-शिखर पर पहुंच चुके होगे, तभी तुम चढ़ना शुरू कर सकोगे।

जब धरती तुम्हारे अंग-प्रत्यंग पर दख़ल कर चुकेगी, तभी तुम वास्तव में नृत्य कर सकोगे।

महाप्रयाण

अब सन्ध्या हो चली थी।

अलमित्रा ने कहा : आज का यह दिन और यह स्थान धन्य है। और धन्य है तुम्हारी आत्मा, जिसने प्रवचन किया।

उसने कहा : क्या वह बोलने वाला मैं ही था?

क्या मैं भी एक श्रोता ही नहीं था ?

तब वह मन्दिर की सीढ़ियों से उतरा और सारा जन-समूह पीछे चल पड़ा। वह अपने जलयान पर जा पहुंचा और खुले हुए स्थान पर खड़ा हो गया।

उन लोगों की तरफ़ मुंह करके उसने ऊंचे स्वर में कहा :

हे, आर्फलीज के निवासियो! हवाएं मुझे तुमसे विदा लेने का आदेश दे रही हैं।

मेरी रफ़्तार यूं तो हवाओं की रफ़्तार से कम है, फिर भी मुझे जाना ही पड़ेगा।

हम यायावर हमेशा एकान्त से अधिक एकान्त मार्ग की तलाश किया करते हैं। हमारा कोई दिन वहीं पर शुरू नहीं होता, जहां हमने पिछला दिन समाप्त किया था। उसी जगह पर कोई सूर्योदय हमें नहीं देख पाता, जहां पिछले सूर्यास्त ने हमें छोड़ा था।

जब धरती सो जाती है, तब भी हम यात्रा कर रहे होते हैं।

हम धरती को कसकर जकड़े रहने वाले पौधे के बीज हैं और जब हमारा हृदय परिपक्व और परितुष्ट हो चुके, तब हमें हवाओं को सौंप दिया जाता है कि वे हमें पुनः धरती पर बिखरा दें।

तुम लोगों के साथ बिताए गए दिन बहुत कम थे और उससे भी कम थे, वे शब्द जो मैंने तुमसे कहे।

किन्तु यदि मेरी आवाज़ तुम्हारे कानों में धुंधली पड़ने लगी और यदि मेरा प्रेम तुम्हारी स्मृतियों से लुप्त होने लगा, तो मैं पुनः आऊंगा।

तब मैं इससे भी अधिक सम्पन्न हृदय से और परमात्मा के प्रति इससे भी अधिक समर्पित होंठों से प्रवचन करूंगा।

हां, मैं ज्वार के साथ लौटूंगा।

भले ही मृत्यु मुझे छिपा ले और महत्तर मौन मुझे घेर ले, फिर भी मैं चेष्टा करूंगा कि तुम मेरे विचारों को समझो।

मेरी यह चेष्टा व्यर्थ नहीं होगी।

मैंने जो कुछ भी कहा है, यदि वह सत्य है, तो वह सत्य इससे अधिक स्पष्ट स्वरों में स्वयं को व्यक्त करेगा और ऐसे शब्दों में करेगा, जिनका तुम्हारे विचारों के साथ और भी निकट का रिश्ता होगा।

हे, आर्फलीज के निवासियो! मैं हवाओं के साथ प्रस्थान कर रहा हूं, किन्तु शून्य में उतरकर डूब जाने के लिए नहीं।

यदि आज का दिन तुम्हारी कामनाओं और मेरे प्रेम की पूर्ति का दिन नहीं है, तो इसे एक वायदा रहने दो, जो फिर कभी पूरा होगा।

मनुष्य की आवश्यकताएं बदल जाती हैं, किन्तु प्रेम नहीं और न यह कामना कि उसका प्रेम उसकी आवश्यकताओं की पूर्ति करे।

इसलिए यह जान लो कि मैं उस महत्तर मौन से वापस लौटूंगा।

प्रभात वेला में जो कुहासा छंटता है, वह खेतों में ओस-कणों के सिवा और कुछ नहीं छोड़ जाता। वही कुहासा ऊपर उठेगा और सघन होकर बादल बन जाएगा और तब वर्षा के रूप में बरस पड़ेगा।

मैं उस कुहासे से भिन्न कहां हूं।

रात्रि की निस्तब्धता में मैं तुम्हारी गलियों से गुज़रा हूं और मेरी आत्मा ने तुम्हारे घरों में प्रवेश किया है।

तुम्हारे हृदय की धड़कनें मेरे हृदय में थीं और तुम्हारी सांसें मेरे चेहरे पर और मैं तुम सबको जानता था।

हां, मैं तुम्हारे उल्लास को और तुम्हारी पीड़ा को जानता था। जब तुम सोए रहते थे, तब तुम्हारे स्वप्न मेरे स्वप्न थे।

कई बार मैं तुम्हारे बीच पर्वतों से घिरे सरोवर की तरह था।

मैंने तुम्हारे शिखरों और घुमावदार ढलानों को प्रतिबिम्बित किया और यही नहीं, तुम्हारे विचारों और कामनाओं के पशु-वृन्दों को भी।

मेरे मौन की ओर तुम्हारे बच्चों की किलकारियां जलधाराओं की तरह और तुम्हारे नवयुवकों की उत्कंठाएं सरिताओं की तरह बह-बहकर आया करती थीं।

मेरी गहराइयों में विलीन हो जाने के बाद भी उन जलधाराओं और सरिताओं का गायन बन्द नहीं हो जाता था।

किन्तु मुझ तक जो कुछ आता था, वह उन किलकारियों से अधिक मधुर और उन उत्कंठाओं से अधिक तीव्र था।

वह तुम्हारे अन्तर का असीम तत्त्व था।

वह विराट मानव, जिसके अवयव के रूप में तुम सब केवल जीव-कोष और मांसपेशी मात्र हो।

वह, जिसके आलाप में तुम सबका गायन स्वरहीन बुदबुदाहट मात्र है।

उस विराट मानव में समाकर ही तुम विराट हो जाते हो।

मैंने उसी के दर्शन में तुम्हारा भी दर्शन किया और तुमसे प्रेम किया।

क्योंकि प्रेम ऐसी कौन-सी दूरियां नाप सकता है, जो उस विराट आकाश में स्थित न हों?

कौन-सी दृष्टि, कौन-सी अपेक्षाएं और कौन-सी संवेदनाएं उस उड़ान से भी ऊपर उड़ सकती हैं।

वह विराट मानव तुम्हारे अन्तर में सेब के फूलों से लदे हुए किसी बृहदाकार शाहबलूत की तरह विद्यमान है।

उसकी शक्ति तुम्हें धरती से बांधती है, उसका सौरभ तुम्हें आकाश में उठाता है और उसी की अजरता में तुम अमर हो।

तुम्हें यह बतलाया गया है कि एक श्रृंखला की तरह होते हुए भी तुम अपनी सबसे कमज़ोर कड़ी के जितने कमज़ोर हो।

किन्तु यह केवल आधा सच है। तुम अपनी सबसे मज़बूत कड़ी जितने मज़बूत भी हो।

तुम्हें तुम्हारे तुच्छतम कर्मों से आंकना समुद्र की सामर्थ्य को उसके फेन की भंगुरता से आंकने जैसा है।

तुम्हें तुम्हारी असफलताओं के लिए दोषी ठहराना ऋतुओं पर उनके अस्थायित्व के कारण कलंक लगाना है।

हां, तुम एक महासागर के समान हो।

यद्यपि माल से लदे हुए जलयान तुम्हारे तटों पर ज्वार की प्रतीक्षा में ठहरे रहते हैं, किन्तु तुम भी महासागर के समान विवश हो, तुम अपने ज्वार को समय से पहले नहीं उत्पन्न कर सकते।

तुम ऋतुओं के समान भी हो।

यद्यपि अपने शीतकाल में तुम अपने वसन्त का निषेध कर देते हो।

तथापि तुम्हारे मन में विश्राम करता हुआ वसन्त अपनी तन्द्रा में भी मुस्कुराता है और वह किसी से नाराज़ नहीं होता।

ऐसा मत सोचो कि मैं यह सब इसलिए कह रहा हूं कि तुम बाद में एक-दूसरे से कहने लगो, 'उसने हमारी बड़ी सराहना की। उसने सिर्फ़ हमारी अच्छाइयों को ही देखा।'

मैं तुमसे केवल वही बात अपने शब्दों में कह रहा हूं, जिसे अपने विचारों में तुम स्वयं भी जानते रहे हो।

शब्दों में व्यक्त ज्ञान और है भी क्या, शब्द-हीन ज्ञान की परछाईं के सिवा?

तुम्हारे विचार और मेरे शब्द उस अखंडित स्मृति की तरंगें हैं, जो हमारे अतीत का सम्पूर्ण विवरण सहेजकर रखती हैं।

उन अति प्राचीन दिनों की स्मृति का भी, जब यह धरती न हमें जानती थी और न स्वयं अपने-आप को।

उन रातों की स्मृति का भी, जब यह धरती अपनी ही अस्त-व्यस्तता से आक्रान्त थी।

तुम्हारे पास ज्ञानी पुरुष अपना ज्ञान देने के लिए आते रहे हैं। मैं तुमसे तुम्हारा ज्ञान प्राप्त करने आया था।

देखो, मैंने उस चीज़ को प्राप्त कर लिया है, जो ज्ञान से श्रेष्ठतर है।

वह तुम्हारे अन्तर की दिव्य ज्वाला है, जो निरन्तर स्वयं को ही अधिक-से-अधिक एकत्र करती रहती है।

जबकि तुम उसकी व्यापकता पर ध्यान न देकर अपने जीवन-काल के क्षीणतर होते जाने का रोना रोते हो।

मृत्यु से भयभीत शरीरों में वस्तुतः जीवन ही जीवन की तलाश कर रहा होता है।

यहां कोई क़ब्र नहीं है।

ये पहाड़ और मैदान तो बच्चे का पालन और सीढ़ी का पहला पत्थर है।

जब भी तुम उन मैदानों से होकर गुज़रो, जहां तुमने अपने पूर्वजों को दफ़नाया है, तब उस ज़मीन की तरफ़ ज़रा ध्यान से देखो, तुम वहां स्वयं को और अपने बच्चों को हाथों में हाथ लिए नाचते हुए पाओगे।

वस्तुतः तुम कई बार ख़ुशियां मना लेते हो और तुम्हें इस बात का पता भी नहीं चलता।

तुम्हारे पास दूसरे लोग भी आ चुके हैं, जिन्होंने तुम्हारी आस्था के विषय में सुनहरे आश्वासन दिए और तुमने बदले में उन्हें धन और अधिकार और गौरव दिया है।

मैंने तुम्हें जो कुछ दिया, वह तो आश्वासन से भी कम था, फिर भी तुम लोग मेरे प्रति अधिक उदार रहे हो।

तुमने मुझे जीवन के प्रति और भी गहरी प्यास दे दी है।

निश्चय ही, मनुष्य को उस उपहार से बड़ा और कोई उपहार नहीं दिया जा सकता है, जो उसके सारे लक्ष्यों को प्यास से सूखे अधरों में और सारे जीवन को निर्झर में बदल दे।

इसी में मेरा सम्मान और पुरस्कार निहित है।

कि जब भी मैं उस निर्झर से अपनी प्यास बुझाने पहुंचूं, तभी देखूं की वह जीवित जल स्वयं ही प्यासा है।

और वह भी मुझे पिए, जबकि मैं उसे पी रहा होऊं।

तुममें से कुछ लोगों की यह धारणा है कि मैं तुम्हारे उपहारों को स्वीकार करने में अहंकारी या आवश्यकता से अधिक संकोची रहा हूं।

यदि मुझे पारिश्रमिक स्वीकार करना पड़े, तो निश्चय ही मैं अहंकारी हूं, किन्तु उपहार लेने में यह बात नहीं है।

यद्यपि मैं पहाड़ों पर घूमकर जंगली फल खाता रहा हूं, जबकि तुम मुझे अपने साथ भोजन कराना चाहते थे।

मन्दिर के दालान में सोता रहा हूं, जबकि तुम प्रसन्नतापूर्वक मुझे अपने घरों में आश्रय दे सकते थे।

किन्तु क्या तुम लोगों का मेरे दिनों और मेरी रातों के प्रति हमेशा सचेत

रहने वाला ममत्व ही वह कारण नहीं था, जिसने मेरे भोजन को मेरी जिह्वा के लिए मधुर बनाया और मेरी निद्रा को सुन्दर स्वप्नों से घेरे रखा?

इसी ममत्व के लिए मैं तुम्हें सबसे अधिक दुआएं देता हूं।

तुम बहुत देते हो और उसे कुछ भी नहीं गिनते।

यह सच है कि जो उदारता दर्पण में अपनी छवि देखने लगे, वह पत्थर में बदल जाती है।

और जो सत्कर्म स्वयं को प्रशंसात्मक सम्बोधनों से पुकारने लगे, वह किसी अभिशाप का जनक बन जाता है।

तुममें से कुछ ने मुझे सर्वथा उदासीन और अपने ही एकाकीपन के नशे में चूर समझा है।

तुमने कहा है, 'वह वन-प्रान्तर के वृक्षों से मन्त्रणा करता है, किन्तु मनुष्यों से नहीं।

'वह पर्वत-शिखरों पर अकेला बैठता है और हमारे नगर को नीची निगाहों से देखा करता है।'

यह सच है कि मैं पर्वतों पर चढ़ता और दूरस्थ स्थानों पर घूमता रहा हूं।

किन्तु यदि मैंने तुम्हें अधिक ऊंचाई से या अधिक दूरी से न देखा होता, तो तुम्हें देख भी कैसे पाता?

कोई दूर रहे बिना किसी के अत्यन्त निकट कैसे आ सकता है?

और तुममें से कुछ अन्य लोगों ने शब्दों में न कहते हुए भी पुकारकर मुझसे कहा :

'अजनबी! अजनबी! ओ, दुर्गम ऊंचाइयों के प्रेमी! तुम उन शिखरों पर क्यों निवास करते हो, जहां चीलें अपने घोंसले बनाती हैं?

'तुम असाध्य को पाने की चेष्टा क्यों करते हो?

'तुम किन तूफ़ानों को अपने जाल में फंसाना चाहते हो?

'तुम आकाश में किन वाष्पीय पक्षियों का शिकार करना चाहते हो?

'आओ; और हममें से एक बन जाओ।

'नीचे उतरो; और हमारी रोटी से अपनी भूख मिटाओ और हमारी मदिरा से अपनी प्यास बुझाओ।'

अपनी आत्मा के एकान्त में उन्होंने ऐसी बातें कही हैं।

किन्तु यदि उनका एकान्त कुछ और गहरा रहा होता, तो उन्हें पता चल जाता कि मैं केवल तुम्हारे ही उल्लास और तुम्हारी ही पीड़ा के रहस्य को खोज रहा था।

मैं आकाश में तुम्हारे ही चलते-फिरते हुए दीर्घतर स्वरूपों का शिकार कर रहा था।

किन्तु शिकारी स्वयं भी शिकार था।

क्योंकि मेरे धनुष से कई बाण सिर्फ़ इसलिए छूटे कि वे मेरे ही वक्ष के निशाने पर आ लगें।

जो उड़ रहा था, वही रेंग भी रहा था।

क्योंकि जब भी उड़ान भरते हुए मेरे पंख धूप में खुलते, तब धरती पर उनकी परछाईं कछुआ बन जाती थी।

मैं यदि विश्वासी था, तो वहीं मैं अविश्वासी भी था।

क्योंकि कई बार मैंने अपने ज़ख़्म के भीतर अपनी ही उंगली धंसा दी है कि मैं तुम पर अधिक विश्वास रख सकूं और तुम्हारा अधिक ज्ञान पा सकूं।

अब मैं इसी विश्वास और इसी ज्ञान के बल पर कहता हूं कि तुम अपने शरीरों में आबद्ध नहीं हो और न अपने घरों और खेतों तक सीमित हो।

जो तुम्हारा सच्चा स्वरूप है, वह पर्वत-शिखरों पर निवास करता है और हवाओं के साथ उन्मुक्त विचरण करता है।

कि वह कोई ऐसा जीव नहीं है, जो धूप की गरमाहट पाने के लिए दुबकता हुआ बाहर आता हो या अपनी सुरक्षा के लिए अंधेरों में बिल खोदा करता हो।

वरन एक मुक्त जीव है, एक ऐसी दिव्यता है, जो धरती को अपने दायरे में समेट लेती है और आकाश में भ्रमण करती है।

यदि मेरे ये शब्द तुम्हें अस्पष्ट लग रहे हों, तो इन्हें स्पष्ट करने की चेष्टा मत करो।

सभी तत्त्वों का केवल आरम्भ ही अस्पष्ट और धुंधला होता है, अन्त नहीं।

मुझे प्रसन्नता होगी, यदि तुम मुझे एक आरम्भ के रूप में याद रख सको।

जीवन और सारे जीवित प्राणियों की परिकल्पना एक धुंध के रूप में की जाती है, स्फटिक के रूप में नहीं।

कौन जाने शायद स्फटिक वस्तुतः धुंध का ही जर्जर स्वरूप हो ?

मैं चाहूंगा कि जब भी तुम मुझे याद करो, तो यह बात याद रखो,

कि तुम्हारे भीतर वह जो सर्वाधिक दुर्बल और विमूढ़ दिखाई देता है, वही सर्वाधिक समर्थ और दृढ़ संकल्प है।

क्या तुम्हारी सांस ने ही तुम्हारे हड्डियों के ढांचे को खड़ा करके मज़बूत नहीं बनाया है?

क्या वह एक स्वप्न नहीं है, जिसका देखा जाना अब तुममें से किसी को याद नहीं, जिसने तुम्हारे नगर का निर्माण किया और उसमें जो कुछ भी मौजूद है उसे संवारा?

यदि तुम सिर्फ़ एक बार उस सांस का आना-जाना देख सको तो उसके अलावा और सब देखना बन्द कर दोगे।

यदि तुम एक बार उस स्वप्न के अस्फुट स्वप्न को सुन सको, तो उसके अलावा और कोई भी ध्वनि नहीं सुनना चाहोगे।

किन्तु तुम वह सब देखते नहीं और न सुनते हो और यह ठीक ही है।

तुम्हारी आंखों को आच्छादित करने वाले परदे को वही हाथ उठाएंगे, जिन्होंने उसे बुना है।

तुम्हारे कानों में जो चिकनी मिट्टी भरी हुई है, उसे वही उंगलियां छेदेंगी, जिन्होंने उस मिट्टी को गूंधा है।

और तुम देखने लगोगे।

और तुम सुनने लगोगे।

इसके बाद तुम इस बात पर शोक नहीं करोगे कि तुमने अन्धता की पीड़ा भोगी है और न तुम्हें इस बात पर खेद होगा कि तुम अभी तक बहरे थे।

यह हमारे ऊपर ऐसे मुंद रहा है, जैसे कमलिनी अपने आने वाले कल के लिए पंखुड़ियां बन्द कर रही हो।

हमें यहां जो कुछ भी दिया गया, उसे हम सहेज लेंगे।

यदि वह पूरा न पड़ा, तो हम फिर से एक साथ यहां आएंगे और एक साथ अपने दाता के सामने हाथ फैलाएंगे।

भूल मत जाना कि मैं तुम्हारे पास लौटकर आऊंगा।

कुछ पल बीतने दो, मेरी उत्कंठा पर अगले शरीर की तैयारी में धूल और फेन जमा होने लगेगी।

कुछ पल बीतने दो, पवन की सेज पर एक पल की विश्रान्ति और कोई अन्य स्त्री मुझे अपने गर्भ में धारण कर लेगी।

मैं तुमसे विदा लेता हूं और उस यौवन से, जो मैंने तुम्हारे साथ बिताया है।

कल ही तो हम स्वप्न में मिले थे।

तुमने मेरे एकाकी क्षणों में मुझे गीत सुनाए और मैंने तुम्हारी आकांक्षाओं से आकाश में एक मीनार खड़ी कर दी थी।

किन्तु अब हमारी नींद भाग गई है और हमारा स्वप्न बीत चुका है, अब तो उषा काल भी नहीं रहा।

हमारे ऊपर दुपहर की धूप का प्रसार हो चुका है और हमारा अर्द्धजागरण एक पूर्णतर दिन की ओर उन्मुख है। अब हमें एक-दूसरे से बिछुड़ना ही पड़ेगा।

यदि स्मृतियों की गोधूलि में कभी हमारा पुनर्मिलन हुआ, तो हम फिर से बातचीत करेंगे और तुम मुझे इससे भी गहरे भावों वाला गीत सुनाना।

यदि किसी दूसरे स्वप्न में हमारे हाथ मिले, तो हम आकाश में एक और मीनार खड़ी कर देंगे।

ऐसा कहते हुए उसने मल्लाहों को संकेत दिया। उन्होंने तुरन्त लंगर उठा लिया और जलयान को तट से बांधने वाली श्रृंखलाओं से मुक्त कर दिया और वे पूर्व दिशा की ओर चल पड़े।

उस जन-समूह का क्रन्दन मानो एक अकेले हृदय का चीत्कार बनकर फूट पड़ा। वह शाम के धुंधलके में ऊपर उठता चला गया और समुद्र के विस्तार पर तुरही के तीव्र स्वरों की तरह निनादित होने लगा।

केवल अलमित्रा मौन थी। उसकी आकुल दृष्टि तब तक उस जलयान का पीछा करती रही, जब तक वह धुंधलके में ओझल नहीं हो गया।

जब सारी भीड़ विसर्जित हो गई, उसके बाद भी वह समुद्र की दीवार पर अकेली खड़ी थी, हृदय में उसी के शब्दों का स्मरण करती हुई।

'कुछ पल बीतने दो, पवन की सेज़ पर एक पल की विश्रान्ति और कोई अन्य स्त्री मुझे अपने गर्भ में धारण कर लेगी।'

●●●